為何我的世界被遺忘了？

細音啓

Illustration neco

Phy Sew lu, ele tis Es feo r-delis uc l.

The Beast to Punish The Founder

鋼之墳墓

Kadokawa Fantastic Novels

MAP
世界地圖
烏爾札聯邦
王都烏爾札克
（烏爾札人類反旗軍據點）
不為人知的樂園
修爾茲聯邦
拉蘇耶的火山湖
舊王都拉克賈爾・夏
（幻獸族的巢穴）
鐵屑之都亞基特
（？？？的墳墓）
學術都市倫・朱
南方墳墓
（聖靈族
封印地）
庫連馬德魯電波塔
（修爾茲人類反旗軍據點）
露因・茲・芙拉姆要塞
（悠倫人類反旗軍據點）
悠倫聯邦
國境
領土
無主地（不在四種族支配下的場所）
包含沙漠、高山地帶、冰雪地帶等眾
多祕境

Characters

World | Phy Sew lu, ele tis Es feo r-delis uc l.

登場人物

凱伊

是唯一知曉「正史」世界，遭世界遺忘的少年。繼承了英雄希德的劍與武技。

鈴娜

天魔少女。原沉眠於不應存在於「別史」世界的「惡魔墳墓」之中。

貞德

在「正史」世界裡是凱伊的青梅竹馬；而在「別史」世界裡則是有靈光騎士之稱，威望過人的指揮官。

蕾蓮

自尊心強的精靈巫女。和凱伊等人共同行動。

花琳

貞德的護衛，外號「龍戰士」。以高強的戰鬥力為傲。

莎琪

在「正史」世界是凱伊的同事之一，在「別史」世界則是性格依然平易近人的傭兵。

阿修蘭

在「正史」世界是凱伊的同事之一，在「別史」世界則是強壯的傭兵。

巴爾蒙克

悠倫聯邦的能幹指揮官。視聖靈族為敵，不過……

六元鏡光

聖靈族英雄。和凱伊等人站在同一陣線。耗盡力量，正在恢復中。

拉蘇耶

幻獸族英雄。與切除器官融合，企圖改變世界。

凡妮沙

惡魔族英雄。在被凱伊擊敗時，告知他世界的謎團。

海茵瑪莉露

惡魔族的第二把交椅。擁有小惡魔般的個性，對凱伊抱持強烈的興趣。

阿凱因

這個世界的希德之一。外號「傭兵王」。

特蕾莎

這個世界的希德之一。外號「人類兵器」。

希德

在「正史」世界是拯救人類的英雄。在這個世界被視為不存在的人。

Phy Sew lu, ele tis Es feo r-delis uc I.

Chapter: Prologue

惡魔的交易

「好了，小惡魔們（你們幾個）。讓這些人類見識你們的力量。」

夢魔姬海茵瑪莉露打了個響指。

凱伊、鈴娜、貞德，以及鑾神族（精靈）蕾蓮，再加上她自己，都被暗色光芒籠罩。

「別露出那麼恐怖的表情，我會把你們送到王都（烏爾札克）啦。」

惡魔露出妖豔的笑容。

「凱伊，我想從人類（你）身上得到的並非代價。是更愉悅的東西。你遲早會知道。你一定會很驚訝的。」

語畢。

凱伊的身影就消失在面向惡魔墳墓的荒野中。

1

烏爾札聯邦，中心地帶。

王都烏爾札克——

在冥帝凡妮沙的支配下，數十年來淪為惡魔巢穴的地區，慢慢被晨光照亮。

王都周圍的瓦礫已經除去，人們開始修復老舊化的大樓。

逐漸變回人類的都市。

「……要不是因為情況緊急，我應該會很感動。」

王都染上暗紅色。

看見建築工人及人類反旗軍的傭兵隨著日出聚集起來，貞德像在自言自語般輕聲說道。

「我們前往伊歐聯邦前，這裡還四處都是瓦礫。現在卻整理得如此乾淨，道路也修復到能開車的程度。」

「唔……老身有意見。」

「哎呀，為什麼？」

「地面都用那個叫水泥的東西覆蓋住了。這樣植物無法在其上生長。」

身穿和服的精靈不滿地抱著胳膊。

精靈巫女蕾蓮。

外表看來約人類的十五六歲。及地的長髮是呈漸層色調的鮮豔藍色，肌膚如白瓷般雪白通透。

「貞德啊，像這樣在地面覆蓋礦物，導致自然資源枯竭，就是人類的做法嗎？」

「妳誤會了。沒有植物純粹是因為被戰火摧殘過。因為這裡本來是有名的林蔭大道。」

「唔？」

「新王都會重生成綠意盎然的土地。指揮官（我）保證。當然沒辦法變得跟精靈森林一樣，不過應該會比現在改善許多。」

「噢，那就好。」

精靈心情瞬間轉好。

照理說，她已經有上百歲，態度的轉變速度之快卻跟小孩子一樣。

「既然如此，趕緊去人類反旗軍的本部吧……是說鈴娜，汝的翅膀狀況如何？汝之前不是說不能動嗎？」

「…………嗯，完全動不了。」

聲音自身旁傳來。

從看著貞德和蕾蓮交談的凱伊身後傳來。金髮少女鈴娜站在尚未照到光線的大樓陰影處，不知所措地頻頻觀察背後。

「欸，凱伊，好像還是不行。」

「收不進去？」

「嗯……」

體內流著各種種族的血液的鈴娜，背上有對翅膀。

根部是黑鴉般的烏黑色，隨著翅膀向前延伸，逐漸染上雪白的漸層色彩。

天使與惡魔合為一體，應該要以「天魔」一詞稱之的翅膀。

……平常都可以讓它縮小。

……以免進入人類的都市時，被其他人類發現。

現在卻做不到。

傳送到王都（這裡）後，鈴娜很快就發現翅膀收不進去。

「嗯——凱伊，我的翅膀為什麼沒辦法變小？」

「傷口怎麼樣了？之前被機鋼種的子彈射中的傷，不是還沒痊癒嗎？」

「已經不痛了。」

鈴娜伸手撫摸自己的翅膀。

翅膀上的傷是短短數小時前留下的。傳送到這裡前，一行人在惡魔的墳墓突然遭到鋼鐵怪物襲擊。

——機鋼種。

不存在於正史的種族。

若幻獸族(拉蘇耶)英雄所言屬實，那是隨著世界輪迴進行而誕生的第六種族。本以為鈴娜是因為在跟機鋼種戰鬥時受傷，才導致翅膀動不了，看來並不是傷口造成的。

「暫時觀望一下好了……不過傷腦筋，我們的目的地近在眼前耶。」

他們現在被強制傳送到西方聯邦。

將由貞德統率的烏爾札人類反旗軍，以及西方(修爾茲)的巴爾蒙克指揮官留在修爾茲聯邦。

「沒辦法。老身的法衣借汝一件，把它穿上。如此便能遮住翅膀了吧？」

蕾蓮心不甘情不願地聳肩。

她脫下七件式和服的其中一件，披到鈴娜肩上。這件衣服雖然是給身材嬌小的蕾蓮穿的，袖子卻長及地面，足以將翅膀徹底遮住。

「哇，可以嗎？」

「嗯。只不過這是精靈的至寶，審慎使用啊。別去扯它或弄髒——」

「好厲害——！凱伊，這塊布超堅固的耶。怎麼扯都不會破。」

「住手——！」

「…………好了好了，妳們別吵了。」

貞德拍手發號施令。

人類的指揮官一副理所當然的態度，幫其他種族的少女調停。凱伊早就習慣了，但仔細一想，這畫面還真奇妙。

「我們即將前往烏爾札人類反旗軍的本部。就在前面而已，所以請蕾蓮多加留意。」

「老身習慣了。人類嗅覺遲鈍，藏住耳朵就不會被發現。」

「當妳開始鬆懈的時候最危險。總之小心點，要是被人發現妳的真實身分是蠻神族，身為指揮官的我也會站不住腳。這樣一切就白費嘍？」

貞德邁步而出。

瓦礫雖然清除了，路面卻到處都有剝落的部分或裂痕。

一行人穿過廢墟大樓，在晨光下不斷前行。

「每棟大樓外觀都一樣。凱伊，哪一棟是烏爾札人類反旗軍的據點？」

「那座雙塔。看得見那棟像兩座塔合在一起的建築物吧。」

「兩座塔？」

蕾蓮盯著凱伊直指的建築物。

「沒看見。」

「……我的說法有問題。就是那一棟。兩座塔的其中一座，在這裡被惡魔占領時倒塌了。」

烏爾札政府宮殿。

被朝陽染紅的鋼鐵建築物聳立於此。站在入口處的四名傭兵一看到他們就瞪大眼睛。

「什麼！」

「貞德大人！……咦……怎、怎麼回事？為、為何您會出現在烏爾札！您不是在西方聯邦與幻獸族交戰嗎！」

比起喜悅，疑惑的心情更加強烈，這也是當然的。

理應在西方聯邦的指揮官未經聯絡就回到王都，他們不可能有辦法冷靜地接受這個事實。

「阿道夫隊長、丹尼斯、烏茲、多明尼克上等兵。」

以靈光騎士的身分——

沐浴在陽光下的指揮官貞德，一一問候在場四名傭兵。從懷中取出指揮官用的通訊機給他們看。

「毫無疑問是我。這樣就足以確認身分了吧。」

「！」

「讓各位操心了。」

貞德朝著烏爾札政府宮殿大喊。用不著一分鐘，上百名士兵就喘著氣衝到門口。

「貞德大人！」

「修爾茲人類反旗軍的米恩指揮官聯絡我們，說包含您在內的幾位成員下落不明……幸好您平安無事！」

整合隊長及幹部同時敬禮。

「請問到底發生了什麼事？」

「幻獸族之中有會用傳送魔法的傢伙。我們和修爾茲人類反旗軍的本隊分散了。西方(修爾茲)也有聯絡你們？」

「是的！在昨天晚上。」

「我想盡快跟他們取得聯繫。由我向米恩指揮官和巴爾蒙克指揮官說明狀況。」

「立刻準備！」

傭兵們發出響亮的腳步聲，紛紛跑進室內。

「貞德大人，這位是？」

「伊歐聯邦的學者蕾蓮小姐。她熟悉蠻神族的生態，從我們自東方(伊歐)移動到南方(悠倫)時加入了這支隊伍，如各位所見，她跟我一樣被敵人的法術波及。」

精靈巫女默默點頭。

不是為了避免遭到懷疑，凱伊從那悶悶不樂的表情看出，她八成只是不想跟素未謀面的敵對種族（人類）交談。

「鈴娜，要不要請他們先借妳一間房間休息？我打算跟貞德一起去通訊室。」

「沒關係。翅膀（這個）好像也沒被發現。」

鈴娜堅強地搖頭。

「這塊布真的很厲害。怎麼扯都不會破。」

「就叫汝別扯了！」

凱伊跟在由部下帶領的指揮官貞德身後，走向政府宮殿。

2

政府宮殿二樓。

年幼少女的聲音，響徹隔音的通訊室。

『——貞德指揮官！您、您沒事嗎！』

「讓妳擔心了，米恩閣下。」

『不、不會！您平安就好……！您的部下在我後面，聽見您沒事都鬆了一口氣！』

指揮官米恩斯特朗姆・休爾汀・畢斯凱緹。

暱稱米恩的西方指揮官，是比凱伊年幼的少女。她的語氣聽起來有點雀躍。

然而，那也只維持了一瞬間。

『貞德閣下，我、我想拜託您……我知道您那邊的狀況應該也不樂觀，可是請您立刻派援軍到西方(修爾茲)！』

「援軍……？」

貞德在通訊室的麥克風前皺眉。

援軍已經在那邊了。貞德帶過去的烏爾札人類反旗軍的部隊，應該還待在西方(修爾茲)才對。

南方聯邦也派出了巴爾蒙克及其部下組成的聯合軍隊。

「米恩指揮官？我再確認一遍，妳是要我們加派兵力過去？」

『是、是的——』

少女的聲音後方。

如同野獸的吼聲，透過通訊室的擴音器刺進耳中。

『和貞德指揮官聯繫上了嗎！』

「好吵！」

「這麼大的聲音，是那個叫巴爾蒙克的人類嗎……！」

待在通訊室角落的鈴娜及蕾蓮急忙摀住耳朵。對方的聲音大到令聽覺敏銳的兩人忍不住哀號。

悠倫人類反旗軍，指揮官巴爾蒙克。

『哇，等、等一下——』

『貞德閣下，你平安無事嗎！』

米恩指揮官的麥克風似乎被搶走了，男性宏亮的聲音隨即傳來。

『你在哪！』

「……聽起來像在騙人，但我們在烏爾札聯邦的王都。」

『什麼！』

「我們中了幻獸族(拉蘇耶)英雄的法術。我、凱伊、鈴娜、蕾蓮四人被傳送過來。那麼巴爾蒙克閣下，請您說明詳情。」

貞德將臉湊向麥克風。

其部下整合隊長等人，在背後緊張地看著。

「米恩指揮官剛才說的援軍是？」

『……這個據點被盯上了。目前由西方(修爾茲)、北方(烏爾札)，以及我這邊的三隊人類反旗軍抵禦攻勢，但狀況並不樂觀。』

外號獅子王的男人咬牙切齒的聲音，藉由擴音器傳遍室內。

『我簡單說明一下你消失後發生的事。』

「麻煩了。我也很擔心。我們被傳送到烏爾札後，拉蘇耶應該還留在原地才對。」

『沒錯。那隻獸人一點都不驚訝你當著他的面消失。當時我就推測出八成是那傢伙搞的鬼。』

「……想問個讓人過意不去的問題。聯合部隊最後的被害情況是？」

『差點損失重大。』

「那是——」

什麼意思？

凱伊和貞德下意識將身體傾向麥克風，鈴娜跟蕾蓮也好奇地湊過來。

『前方是拉蘇耶。大群幻獸族伴隨地鳴從後方逐漸接近。你的護衛——是叫花琳嗎——和我負責牽制那傢伙（拉蘇耶），部下們則在這段期間上車。我是這麼下令的，戰況卻十分艱困。』

「……我也還記得。」

當時——

他們在西方聯邦被一群幻獸族追著逃，於前方埋伏的是幻獸族英雄。

前後包夾，戰況堪稱「死局」。

『怪鳥吉司和兩隻亞龍、一隻疾龍。兩隻不明浮游生物。推測是銜尾蛇的幼體。』

『出現大群蜥蜴王！數量超過二十！』

萬一來不及撤退，聯合部隊八成會全滅。

巴爾蒙克用「重大」一詞形容並不奇怪，他卻刻意加上「差點」兩字，理由為何？

『鋼鐵色的怪物。』

「！」

『在我們即將被幻獸族踩爛的前一刻，平原的地面裂開，從底下爬出一群全身鋼鐵、像機器一樣的巨大怪物。』

「…………凱伊。」

貞德拚命壓抑情緒。

她斜眼朝這邊看過來，凱伊默默點頭。

……幾乎可以確定是機鋼種。

……果然不只那一隻嗎？

而且棲息範圍大得驚人。

不只北方，連西方（修爾茲）都有。搞不好還潛伏在其他聯邦的地底。

「巴爾蒙克閣下，意思是兩種族在您面前……？」

『對。這對我們來說是無比的屈辱，同時也是幸運。那兩個種族完全沒把人類（我們）當成威脅。牠們看都不看人類（我們）一眼，背對著我們開始激戰。』

怪物之間的衝突——

一方是推測個體強度最強的幻獸族。

另一方是因世界輪迴而生的「第六種族」機鋼種。

光一隻都會讓凱伊他們陷入苦戰，雙方激烈衝突的模樣，想必相當駭人。

……不分上下？

……不管是幻獸族群輪掉，還是機鋼種群輪掉，都難以想像。

就算是幻獸族的牙齒，也沒辦法輕易刺穿機鋼種的裝甲。

可是機鋼種的子彈肯定也難以射穿幻獸族的鱗片。凱伊完全無法想像那兩個種族打起來，結果會是如何。

「巴爾蒙克閣下，結果是……」

『不得而知。雙方的激戰捲起暴風般的沙塵，什麼都看不見。我立刻下令撤退。之後所有人都順利回到本部（這裡），昨天深夜卻發生了異狀。』

現在時間是清晨。

也就是幾小時前的事。

『這個地區同時受到幻獸族和鋼鐵色怪物的攻擊。』

「……雙方？意思是兩種族聯手了嗎！」

『不對。是我的說法招人誤會，幻獸族不斷朝這個據點發動襲擊，除此之外的人類特區則傳來鋼鐵色怪物來襲的報告。』

「——」

『情況緊急。我們光是派出全部兵力死守本部（這裡），就分身乏術了。許多居民還留在分散於修爾茲聯邦各處的人類特區，將他們救出來的計畫也大幅延遲。』

經過片刻的沉默。

通訊室裡的人統統看著貞德，她開口說道。

「八天。」

聲音彷彿是硬擠出來的。

「我明白很煎熬，但請再撐八天。我會帶著烏爾札人類反旗軍所有的車輛趕去。」

吱吱喳喳。

待在貞德背後的整合隊長們同時表現出不安，指揮官貞德卻不為所動。

『……貞德閣下，懷疑你的好意我很抱歉，不過真的辦得到嗎？』

「現在開始計劃。」

『…………』

「明天同一時間，我會主動聯絡各位。到時再商量吧。」

『了解。』

通話中斷。

貞德在鴉雀無聲的通訊室內，吐出一口長氣。

「麥克西姆整合隊長。」

「是！」

壯年傭兵在地上一踏，挺直背脊。

「你也聽見了。從今天開始花三天的時間準備，四天後從王都出發。要在四天內趕到西方聯邦，是有可能的吧？」

「……從左邊繞過去對吧。」

「沒錯。阻礙雖然多，我有自己的打算。」

靈光騎士繃緊嘴角。

回頭望向凱伊、鈴娜、蕾蓮。

「不好意思，請你們三個暫時待命。因為我等等要召開緊急會議……我想想，六小時候在政府宮殿（大樓）後面的車庫會合吧。」

喀啦……

小石子在路上喀啦滾動。鈴娜正在玩追著愈滾愈遠的小石子，將它踢得更遠的遊戲。

「凱伊凱伊，從左邊繞過去是什麼意思呀？」

政府宮殿後方——

她在經過保養的車輛停放的地區踢著碎石，轉頭詢問。

「連我自己用飛的，都沒辦法一個星期就移動到幻獸族的領土喔。人類的車應該更勉強。」

「走跟之前一樣的路線確實不可能。所以才要從左邊繞過去。」

「？」

「採逆時針方向前進的意思。我們之前不是按照北(烏爾札)、東(伊歐)、南(悠倫)、西(修爾茲)的順序到四個聯邦嗎？」

凱伊找到一顆尖銳的碎石，蹲在地上。

用石頭的尖端繪製四角形的世界地圖，順時針畫了個大圈表示行進路線。

「但這次不一樣。我們要直接從北(烏爾札)邊繞到西(修爾茲)邊。」

「啊，原來如此！」

「代表不會經過東(伊歐)邊嗎……」

蕾蓮插嘴說道。

她悠哉地躺在車頂上。

「本以為過了那麼久，總算有機會吸到故鄉森林的空氣……」

蠻神族的領土在東邊。

之後要走的路線，應該不會經過蕾蓮的故鄉精靈森林。

「可是凱伊，那條路線安全嗎？」

「八成極度危險。」

「唔？」

「北方（烏爾札）還是惡魔族的領土。人類只有奪回王都，一旦踏出王都，那些傢伙當然會攻過來。在惡魔墳墓時不也一樣嗎？」

王都以外的地區，大多數的人類依然住在人類特區。

原因除了數十年來都在地下生活，讓他們習慣了之外，也是因為在王都以外的地面上走動十分危險。

「前往東方（伊歐）時，汝等如何撐過惡魔的攻勢？」

「靠跟惡魔交涉。就是剛剛還在的那位夢魔姬。」

「唔……」

「現在我才敢老實跟妳說，人類跑去跟蠻神族、聖靈族、幻獸族開戰，削弱彼此的勢力，對惡魔族而言不是正好嗎？所以她願意放過我們。」

「很符合惡魔狡猾的個性。」

蕾蓮在車上跳起來。

「所以要再去跟惡魔交涉一次，叫他們放咱們前往西方嗎？」

「嗯，我想用不著去交涉了。因為海茵瑪莉露早有這個打算。」

傳送到王都前——

夢魔姬海茵瑪莉露纏著凱伊打聽幻獸族的情報。尤其是跟英雄拉蘇耶戰鬥的細節。

「惡魔族很歡迎人類（我們）跟幻獸族爭鬥。海茵瑪莉露那傢伙，應該正在通知其他惡魔吧。」

「……唔。確實省了一番工夫，但總覺得不太愉快。這樣咱們不是跟惡魔族手下方便使喚的使魔一樣嗎？」

「對我們來說也有好處。蠻神族的目的不是打倒幻獸族嗎？」

「……唔。」

蕾蓮沉默不語。

精靈巫女為何跟著凱伊他們？答案是為了復仇。

蠻神族的英雄艾弗雷亞遭到切除器官襲擊，消滅了。操縱她的正是幻獸族拉蘇耶。

「……經你這麼一說，是沒錯。」

蕾蓮雙手交疊於腦後，板著臉坐下。

跟幻獸族戰鬥，最後會幫上惡魔族。她的內心應該還無法接受這件事。

「也罷。老身目前也是寄人籬下。若那是汝的決定，老身只管照做……對了，貞德還沒好嗎？已經中午嘍。」

蕾蓮指著高高升上天際的太陽。

六小時後的正午，那是貞德自己指定的集合時間。

「咱們一直在等她呢……」

「妳不久前還在房間的床上熟睡吧。不如說是在我床上跟鈴娜親密地睡在一起。」

床被搶走的凱伊睡眠不足。

一直在睡的鈴娜及蕾蓮則精力過剩。

過了一會兒——

一小時後，貞德與整合隊長一同前來，只不過眼窩明顯凹陷，帶著濃濃的黑眼圈。

「哇，貞咪，妳臉色好差喔？」

「是啊，看似隨時會昏倒。別讓身體太操勞了。會減壽的。」

「……我也很想休息。」

貞德深深嘆息。

垂下的雙肩，證明她的體力在剛才的會議上消耗殆盡。

「如我所料，是一場既漫長又疲憊的會議，不過總算說服那些死板的老幹部了。四天後往西方（修爾茲）出發。向幻獸族重新宣戰。」

「咱們現在就可以動身。」

「……我也想這麼做，但急著出發的話我們會全滅。仔細做好準備比較重要。」

貞德這句話，大概是對身後的整合隊長說的。

即使是擅長對付惡魔的傭兵，肯定也沒有和幻獸族交戰的經驗。

「這位是古雷戈里整合隊長。他願意在四天後跟隨我們一同遠征。雖然指揮官是我，但他比我更習慣統率部下。所以——」

「————緊急狀況！」

「有沒有人在？麻煩過來支援！」

傭兵們的呼聲。

是從大樓正面傳來的悲鳴。

「警備班嗎！」

凱伊、鈴娜、蕾蓮，以及貞德和整合隊長，從政府宮殿後方趕往大樓的正面。

「夏璐璐上等兵、菲爾曼上等兵！怎麼了？發生什麼事！」

古雷戈里隊長對兩名部下大喊。

男女兩位傭兵氣喘吁吁地跑到大門前，用肩膀撐著一名少女。

——嬌小的黑髮少女。

身上的衣服不是人類反旗軍的武裝，而是一般服裝，推測是人類特區的居民。沒有外傷，少女卻全身無力。

「夏璐璐上等兵，她是一般民眾對吧？」

「是的！古雷戈里隊長，她是『新波特蘭』的居民。似乎是獨自逃到王都的！」

「……逃到王都？」

凱伊第一個喃喃說道。

新波特蘭是烏爾札聯邦的人類特區之一。在凱伊所知的正史世界中，是離這座王都有段距離、自然資源豐富的都市。

而那座都市——

「是惡魔的軍勢！」

「上級惡魔及魔獸群襲擊了新波特蘭！」

「……惡魔嗎！」

整合隊長激動地吶喊。

「怎麼可能。少了冥帝（凡妮沙），那些傢伙不可能會有這麼大的動作……不，說起來，發生這種事照理說會先通知本部！」

「……被占領了。」

黑髮少女用微弱的聲音說道。

「新波特蘭的人……統統中了夢魔的幻惑法術……」

「之後再說。先到醫務室治療這女孩吧。」

貞德指向政府宮殿。

「妳邊治療邊跟我們說明狀況。各位，進大樓去——」

「等等，貞德。」

凱伊輕聲阻止想走向黑髮少女的貞德。

「別動。最好不要靠近那個黑髮的孩子。」

「凱伊？」

「夢魔的幻惑法術中有感染人的法術。若對方是上級惡魔，接觸感染者就更危險了。有可能遭到洗腦。」

凱伊站在樓梯上，俯視那名少女。

逃出襲擊地——

就算她是幸運逃到這裡，也不能否認有可能是惡魔族設置的「行動陷阱」。

……再說，惡魔族來襲？

……整合隊長會驚訝很正常。惡魔沒道理在這種時候攻過來。

自己（凱伊）跟鈴娜在這邊。打倒冥帝（凡妮沙）的兩人回到烏爾札聯邦了，惡魔族理應會猶豫該不該進攻。

牠們卻光明正大發動攻勢？

這一點讓他覺得很奇怪。

「貞德，我想請妳把這件事交給我做主。至於這名少女，不好意思，妳別上樓。我會幫妳請醫務室的醫生過來。」

「你這傢伙怎麼能對無力的民眾說這種話！」

支撐著少女肩膀的上等兵激動地怒吼。

「她可是拚命從新波特蘭逃過來的，身心俱疲。必須盡快讓她休息！」

「貞德大人，我們無法拋下這名少女。請您從寬處理！」

政府宮殿的入口處——

大樓內的傭兵們聽見騷動，一個個跑到外面。數十人份的腳步聲包圍眾人。

「……凱伊。」

「貞德，妳退下。」

凱伊悄聲對靈光騎士說道。

「我想問兩位上等兵（你們）一些問題。你們包庇她的那些話，真的是自己想說的嗎？」

「什麼意思？」

「你把我們當白痴嗎……！」

「你們既然已經碰到了那孩子，就有可能感染幻惑法術。我想表達的是這個意思。」

政府宮殿是烏爾札人類反旗軍的根據地。

要是中了幻惑法術的人混進來，八成會馬上出現大量的感染者，引發恐慌。
那就是凱伊將黑髮少女及兩位傭兵擋在此處的理由。
……正史留有紀錄。
……但我在意的不只這個。
惡魔來襲。
這個報告本身就讓他覺得不對勁。
「妳還仔細地噴了香水。拚命從人類特區逃到這裡，竟然還有時間噴香水。」
凱伊舉起亞龍爪——
將刀尖對著黑髮少女。
「貞德，妳有發現嗎？」
「咦？……啊！」
男裝指揮官猛然抬頭。
這裡是下風處。貞德是女性，所以才會覺得黑髮少女身上散發出的香水味是「正常的」，察覺不到異狀吧。
然而，那正是讓凱伊起疑的原因。
「噴香水裝成人類並沒有錯。但如果妳是從人類特區逃過來的，就不該這麼做。外表裝得跟人類一模一樣，內心卻不是人類。妳不明白逃亡者的心態。」

「────」

「妳就是那隻夢魔吧？」

香水是唯一的失誤。

不過，若要說不噴香水才是正解，那也「不對」。

凱伊後方是鈴娜跟蕾蓮。若不靠香水消除體味，嗅覺敏銳的兩人八成會第一個看穿她的真面目。

……無論如何都得用到香水。

……為了對付鈴娜和蕾蓮。

這時，新的疑問浮現腦海。

惡魔為何知道蠻神族（精靈）和混血種（鈴娜）在這裡？只可能是從夢魔姬海茵瑪莉露口中得知。

「是妳對吧，海茵瑪莉露。」

「……啊哈！」

黑髮少女笑出聲來。

漆黑翅膀刺破背部的衣服，大大展開。

「啊哈哈哈哈！漂亮，做得很好！」

黑色瘴氣自全身噴出——

在如同霧氣的煙霧中，黑髮少女逐漸轉為夢魔的姿態。

變成少女外型的美麗惡魔。

淡藍色的髮絲及金黃色眸子。纖細卻性感的肉體大方地展現出來，兩耳戴著耳環。

「啊——真好玩。」

夢魔姬的嬌笑持續了一陣子，腳邊是兩位倒在地上的上等兵。

是中了幻惑法術的人的典型症狀。

極度的精神疲勞導致患者昏倒。罪魁禍首夢魔姬看都不看地上的人類一眼。

「哎呀呀？凡妮沙姊姊大人的城堡，徹底變成人類的據點了。」

夢魔抬頭看著樓上。

視線掃過政府宮殿的大樓及趕過來的傭兵，彷彿在打量他們。

要選誰當下一隻獵物呢——

被那樣的目光注視，拿著槍的士兵們輕聲驚呼。

「惡魔入侵！」

「想叫同伴來嗎！隊長，請准許開槍！」

十位警備班成員舉起槍。

將槍口指向豐滿的身軀。

「開——」

「慢著，隊長。」

貞德的手擋在整合隊長的槍口前面。

「別開槍。」

「貞德大人？」

「……妳有何企圖？」

貞德帶著明顯的怒氣，俯視侵入王都的惡魔。假如對象不是夢魔姬海茵瑪莉露，她肯定會毫不猶豫允許開槍。

之所以沒這麼做——

是因為這隻惡魔乃僅次於冥帝的英雄級怪物。

誘惑人類的豐滿身軀和妖豔的微笑，僅僅是用來隱藏殘虐本性的面具。要是跟這隻怪物打起來，王都八成會再度化為焦土。

「王都是屬於人類的。惡魔（妳）不許——」

「別那麼嚴肅嘛，我只是來玩的呀。」

夢魔姬在樓下俏皮地拋了個媚眼。

「少裝傻了。貞德說的沒錯，妳有什麼企圖？惡魔不能踏進這裡。這應該是早就訂好的規定。」

一階，又一階。

凱伊走下樓梯，凝視眼前的海茵瑪莉露。

她為何會在這裡——

天亮前，就是她將身在惡魔墳墓的一行人傳送到王都。就這一點來說，她不僅不是敵人，反而是凱伊他們的恩人。

然而，這次的入侵就另當別論了。

明顯是「侵犯領土」。

「……惡魔在王都（烏爾札克）威脅到人類的安危。妳明白這代表什麼意思嗎？」

「幹嘛露出那麼可怕的表情，我只是摸了一下這兩個傭兵（人類）的後頸而已。他們一下就中招不是我害的，是他們自己精神力薄弱。」

「還有新波特蘭遇襲的那件事。」

「哎呀？你一臉已經隱約察覺到的樣子喔？」

海茵瑪莉露嬌豔的雙脣勾起一抹淺笑。

「我沒做那種事。剛才的襲擊報告是騙人的。再說我又不知道人類躲在哪裡。是中了幻惑法術的傭兵自己說的。」

「……也就是說，是為了捏造接近這裡的理由嗎？」

凱伊猜得沒錯。

在這種時候襲擊人類特區，對惡魔沒有好處。海茵瑪莉露誘惑兩位傭兵，編了個用來潛入政府宮殿的謊言。

「貞德，為求保險起見，可以確認一下嗎？」

「給我幾分鐘。整合隊長——」

貞德低聲對旁邊的整合隊長下達指示。

隊長應該是要跑去政府宮殿大樓內的通訊室。只要跟駐紮在新波特蘭的士兵求證，很快就會知道。

「所以？海茵瑪莉露，妳到底想幹嘛？」

「嗯——也沒要幹嘛。心血來潮？」

夢魔姬抬起視線。

抬頭觀察聳立於面前的政府宮殿大樓。

「其實我對這種建築物沒興趣，只是想說趁你在的時候入侵，嚇你一跳。隨時有可能被拆穿，不覺得很刺激嗎？」

「我嗎？這樣的話，妳可真是給我添了個大麻煩。」

「我就是想看這種反應。」

惡魔少女咯咯笑著。

「我還想順便找你問個問題。這是第二個目的。」

「……問什麼？」

「你不是要去西方嗎？什麼時候出發？」

夢魔姬用纖細的手指指向西方。

持槍的傭兵，視線集中在她所指的方向。

「……過幾天。」

「給我更詳細的時間。要走哪條路線？」

「等等再決定。不過如果妳的目的是監視我們，恕我無法回答。」

「哎呀，你誤會了。」

海茵瑪莉露高興地回以微笑。

她愉悅的目光，落在凱伊身後的鈴娜及蕾蓮身上。

「我不是說過要幫你們嗎？」

「？之前應該已經得出結論了。妳不會妨礙我們遠征——」

話講到一半。

凱伊終於想到夢魔姬面帶微笑的理由。

「……該不會，除了『不妨礙人類反旗軍前往西方』外，妳還要在其他方面幫忙？」

「正確答案。我就是來告訴你這件事。」

夢魔姬勾人的視線移回凱伊身上。

「因為這是滅掉幻獸族的好機會嘛。我會提供我珍藏的精兵。所以一起去西方吧？」

「什麼？」

一直保持沉默的精靈巫女，忍不住罵道。

「汝看準現在是葬送幻獸族的好時機，想跟過來嗎？哪有那麼好的事！」

「呵呵。」

「唔，笑什麼？」

「看妳身材那麼爛，嘴巴倒是挺厲害的。是不是養分都從胸部跑到嘴巴了？」

「平胸有什麼錯！」

「啊哈哈。有愚蠢的種族可以玩弄，我也滿足了，就到此為止吧。再繼續待下去，我會忍不住想誘惑所有的傭兵（人類）。」

夢魔姬拍打漆黑之翼。

捲起一陣吹得碎石在地上喀啦喀啦滾動的風，緩緩升向空中。

愉快地俯視抬頭看著她的凱伊等人。

「掰掰。很快就會再見了。」

空氣發出「啪！」一聲。

夢魔姬在空中留下黑霧，消失不見。

「…………消失了？」

「貞德大人！」

緊接著，古雷戈里整合隊長從大樓走出。

「聯絡上駐紮在新波特蘭的分隊了。人類特區平安無事。打倒冥帝後，惡魔從來沒有出現過。」

「該分隊的通訊兵有沒有可能中了幻惑法術？」

「我認為可能性很低。」

整合隊長手上拿著三張照片。

「這是新波特蘭現場的照片。通訊室、人類反旗軍分隊的據點、人類特區的街景，都沒有任何損傷。」

「……所以是夢魔姬（那傢伙）的獨腳戲嗎？真的很讓人困擾。」

貞德深深嘆息。

然而，也有人表情比她更加凝重。是在後面聽見剛才那段對話的傭兵們。

「貞德大人，冒昧請教一下。」

「什麼事？」

「那個……剛才那隻惡魔說的話是真的嗎……」

目測只有十幾歲的新兵，提心吊膽地開口。

「我們的遠征是為了討伐幻獸族，而惡魔族也要加入隊伍。就在下聽來是這樣。」

「恐怕沒錯。」

「！您、您打算怎麼辦！」

「……頭痛的來源又多了一個。可以給我一點時間思考嗎？」

靈光騎士緩緩搖頭。

然後。

「凱伊，你怎麼看？」

聽見這句呢喃的，大概只有凱伊本人，以及聽覺敏銳的鈴娜及蕾蓮這三人。

「惡魔（那些傢伙）跟聖靈族和蠻神族不一樣。」

「……我也有同感。」

其他種族為了打敗幻獸族而「加入」，已經不稀奇了。

在場的蠻神族（蕾蓮）就是個好例子。跟在南方的巴爾蒙克指揮官身邊的六元鏡光，也是聖靈族的英雄。

但惡魔族呢？

「對那些傢伙來說，人類（我們）應該是可恨的敵人才對。」

人類打倒了冥帝凡妮沙，奪回王都烏爾札克。惡魔族理應還會對人類抱持明確敵意。

加入隊伍——

凱伊不覺得惡魔族所說的加入，跟聖靈族和蠻神族意義完全相同。因為牠們有可能假裝要討伐幻獸族，其實是針對人類的刺客。

……夢魔姬海茵瑪莉露。

……她有何企圖？怎麼想都不是單純的心血來潮吧。

因此才要警戒。

惡魔族要跟他們一同前往西方（修爾茲），對凱伊而言也不是能輕易接受的提議。

「貞德大人，下一場會議的時間快到了。」

「我知道。」

貞德轉過身去。

「凱伊，抱歉，今天我可能抽不出時間。鈴娜跟蕾蓮就拜託你照顧了。」

「好……噢，對了貞德。」

他叫住準備離開的指揮官。

「可不可以借我一輛車？」

「你要去哪裡？」

「還會在這裡待幾天對吧。我想趁這段期間去一個地方看看。」

3

太陽逐漸西沉。

強烈的陽光稍微沒那麼刺眼了，大概再過一兩個小時，天空就會染上暮色。

「欸——凱伊，這裡是哪裡？到處都是惡魔的氣味。」

「這座廢墟是？這裡也是人類的都市嗎？」

鈴娜及蕾蓮環視廢棄大樓。

凱伊對面露疑惑的兩人招手，在雜草叢生的道路上前進。

被魔獸踩碎的柏油路。

原本種著行道樹的場所有個大坑洞，大樓的玻璃窗碎得不留原形。儼然是世界末日。

「凱伊，那棟建築物是什麼？好大喔。」

「……是主車站。現在沒在運作了，以前這裡有座能讓比車子大好幾倍、叫做『列車』的交通工具進出的基地。」

「哦？」

「第九主車站。是發生世界輪迴之前我所在的場所。」

雖然現在已經消失得無影無蹤。

這裡本來是十字路口。凱伊最後在正史看見的景色——

『開始執行世界「覆寫」——』

跟貞德外出購物的途中經過的十字路口。

眼前的一切都被吸進空中的黑點。回過神時，只剩下自己（凱伊）獨自站在這邊。

「那個叫世界輪迴的現象，老身也聽汝提過……」

精靈巫女悠哉地走在裂開的道路上。

「不過聽幾次都一頭霧水。老身明白汝不是會說謊的人，但光是五種族大戰以人類的勝利作結，老身就難以接受。更遑論逆轉戰局。」

「貞德也說過同樣的話。」

就連人類——

連原本跟凱伊是青梅竹馬的少女貞德都半信半疑。身為其他種族的精靈不可能一下就聽得進去。

「這是個好機會，乾脆問清楚好了。那個叫世界輪迴的現象，是什麼人以何種方式引發的？目的為何？」

「先跟妳說，後半部的問題我也不知道。」

「前半部汝就有頭緒嗎？」

「拉蘇耶有說是誰引發的。妳不也聽見了？」

『大始祖操弄了命運。』

『你也在尋找引發世界輪迴的元凶吧？』

「是那個……叫大始祖的人？」

「我也只知道名字。大始祖是什麼樣的人、基於何種目的用什麼方式引發世界輪迴，一律不知。妳呢？蠻神族比人類更長壽吧。」

「要是有那麼可疑的傢伙，咱們早就發動總攻擊了。」

「我想也是。」

借用拉蘇耶說過的話。

——大始祖是潛伏於歷史另一側的支配者。

其真實身分，連蠻神族都不得而知。

凱伊當然也一樣。人類庇護廳留下的五種族大戰的紀錄，幾乎全被他記在腦海，他卻對大始祖這個存在毫無印象。

「鈴娜之前也說過不知道對吧？」

「嗯，我也沒聽過。」

鈴娜抬頭仰望崩毀的大樓群。

「因為我記得的是五種族大戰還沒結束時的事。可是我……在跟冥帝（凡妮沙）戰鬥前一直是一個人，對這方面一竅不通。」

「這樣啊。」

「……對不起。派不上用場。」

「不會。光是妳那句『不知道』，就是珍貴的證言。」

世界輪迴是在正史發生的。

既然如此，「大始祖操弄命運」理應也發生在正史。也就是說，大始祖存在於正史。

線索是正史的先知希德。

……希德預料到世界輪迴會發生。

……若世界輪迴是大始祖引發的，希德理應會知道大始祖的存在。

然而。

先知希德不存在於這個世界。

「凱伊，結果我們要跟那個叫拉蘇耶的戰鬥嗎？」

「我是這麼打算。機鋼種也是，就算我們沒有那個意思，對方主動發動攻擊的話，我會做牠的對手。」

幫助這個世界的人類反旗軍——

在他下定決心的瞬間，打倒牙皇（拉蘇耶）這個目的就不會改變。

「先專心跟幻獸族戰鬥吧，畢竟西方遭到襲擊了。至於大始祖……到頭來還是對他一無所知。」

「嗯。老身的目的也是為主天（艾弗雷亞）大人報仇。先對付幻獸族再說。」

精靈回過頭。

對著太陽沉入的西方——

「下次，老身肯定會取那斯（拉蘇耶）的性命。」

4

王都烏爾札克靜寂無聲。

這塊土地長久以來處在惡魔的支配下，於深夜吠叫的不是野狗，而是大型魔獸。魔獸撤離後，只聽得見細微的蟲鳴。

「……呼。」

烏爾札政府宮殿，五樓——

貞德在亮著燈的司令官辦公室累得嘆氣。坐在圓桌中央，咬緊牙關。

……果然不能沒有花琳。

……換成她的話，面對這種狀況，她的眉頭應該也不會多皺一下。

「貞德大人！」

「請、請快點逃走！」

「冷靜點。」

兩位部下明明很害怕，還是拿起了槍。貞德加重語氣告誡他們，再度大嘆一口氣。

「我很忙。光是要在前往西方（修爾茲）前，將工作交接給留在這邊的幹部，就讓我忙不過來了。妳在這種時候跑來做什麼？」

「如妳所見。」

「……妳養成了變身成人類的興趣嗎，惡魔？」

「妳不覺得練習很重要嗎？」

辦公室中央——

頭髮如烏鴉翅膀般漆黑的少女，站在天花板的燈光下。外表跟人類如出一轍，貞德卻知道她是惡魔變成的。

夢魔姬海茵瑪莉露。

白天她穿著一般民眾的衣服變裝，這次則穿著烏爾札人類反旗軍的戰鬥服。這名惡魔化身成傭兵潛入這裡。

「我用幻惑法術改變了外形，想試試看這樣能不能騙過人類。」

「白天被凱伊看穿，妳不高興嗎？」

「對呀。所以我這次比較認真。除了香水的量，衣服也換了。」

「……衣服是從我的部下身上搶走的吧。」

「幹嘛露出那麼可怕的表情。我讓那個人在大樓外面睡一下。所以你們不用怕成那樣喲？」

化身成人類反旗軍傭兵的夢魔姬，對守在貞德旁邊的部下眨了眨眼。

然後邁步而出。

從辦公室中央，走向站在裡面的指揮官。

「妳這傢伙！」

「不、不准靠近！」

夢魔姬沒有停下腳步。

她站在仍然坐在椅子上的貞德面前。距離近到這隻惡魔的手碰得到她。

「這個距離——」

惡魔伸出手。

紫色指甲撫上貞德的鎧甲表面。她愉悅地低頭看著鎧甲表面發出「滋」一聲，融化了一些。

「我用人類的香水消除體味。穿上衣服應該就跟妳的部下一模一樣了。所以肯定有辦法接近到這個距離。」

「！」

貞德倒抽一口氣。

她明白了夢魔姬有何企圖。

「懂了嗎？」

「……對幻獸族發動奇襲嗎？」

「答對了。對象最好是牙皇（拉蘇耶），不過其他人也無所謂。」

外表是不起眼的人類反旗軍傭兵——

真實身分是英雄級的惡魔。只要混進數百名的士兵當中，就算是牙皇（拉蘇耶）一定也無法察覺。

「惡魔也會為了討伐幻獸族而行動。那個惡魔就是妳自己嗎？」

「————」

黑髮少女揚起嘴角，微微露出細牙。

「有人命令我這麼做。我沒說過嗎？」

「……是誰？」

「妳總有一天會知道。雖然這對人類而言，未必是好消息。」

夢魔姬轉過身。

「但願會是場愉快的旅行。啊，所以趁現在準備好我的衣服吧。這件衣服雖然合身，但對夢魔來說胸部太緊了。」

1

烏爾札聯邦，西方的森林地帶——

一層薄雲飄在空中，風一吹又變得更加稀薄。望向地平線，映入眼簾的是足以用綠色雲海形容的蓊鬱森林。

原本是那樣的。

「那座森林是怎樣？樹葉都是黑色……樹木生病了嗎？」

「是惡魔（那些傢伙）的森林。汝竟然不知道，真令人意外。」

車內——

蕾蓮坐在行駛於高速公路上的軍用車後座，喃喃說道。

「惡魔的瘴氣附著於樹木上，就會變成那樣。從那汙染的程度判斷，恐怕過了好幾十年。」

「……我也是第一次親眼看見。原來那麼黑。」

「恐怕是魔獸的巢穴。惡魔不會棲息在那樣的森林裡，反而喜歡人類住的那種建築物。汝等應該更清楚吧。」

「……原來如此。」

冥帝凡妮沙蹂躪王都烏爾札克後，親自選擇的巢穴就是烏爾札政府宮殿。

「現在是樹木世代交替的時期。再過三百年或四百年，那座森林的樹木就會變成主動釋放瘴氣的黑樹吧。」

「……然後呢？」

「沒有然後。那是森林自己的選擇。」

出乎意料。

精靈巫女講得輕描淡寫。

「精靈森林亦然。那是蠻神族種植、栽培對自己有益的植物導致的結果，只不過兩者之間建立的是共存關係。那座森林也一樣。會成為適合惡魔及魔獸居住的森林。樹木不會因此滅絕。」

「我有點意外。」

「唔？」

「還以為妳八成會看惡魔的森林不順眼。畢竟是敵對種族的森林。」

「構成森林的植物有所變化，再自然不過了吧？若惡魔的瘴氣會讓森林變成沙漠，自然另當別論，但事實並非如此。」

「所以那座黑色森林也沒問題嘍？」

「老身不會否定森林本身。但單純要說哪裡有問題的話，就是大量的魔獸開始棲息在裡面。」

蕾蓮的態度瞬間變得隨便，彷彿在表示不屑。

她透過後照鏡瞥了後方一眼。看見映照在其中的巨獸，精靈巫女不悅地咂舌。

「鈴娜，狀況如何？」

「……跟剛才一樣喔。牠一直跑在貞咪的車子旁邊。」

「別大意。要是那隻大傢伙從後方逼近，這麼一小輛車會被踩扁的。」

外型類似犀牛的怪物「賈巴沃克」。

是擁有巨大法力的惡魔，不過由於牠的外觀接近野獸，比較常以魔獸稱之。那隻怪物發出巨大的腳步聲，在烏爾札人類反旗軍的車輛旁邊奔跑。

「貞德應該覺得很恐怖吧……我也很害怕就是了……」

帶頭的是凱伊駕駛的車。

後面跟著五輛車，載著包含貞德在內的二十名傭兵，魔獸賈巴沃克卻跑在指揮官貞德搭乘的車輛旁邊。

萬一——

車子不小心滑向旁邊，或是魔獸稍微靠近，雙方肯定會撞在一起。

不，不如說車子會單方面被壓垮。

「嫌跑在人類（我們）後面有種被瞧不起的感覺，又嫌跑在前面像在當跑腿，所以選擇旁邊？」

說謊。她是故意跑在旁邊，想威脅人類吧——這是人類方的心情。

「——是我（凱伊）。領頭車報告。」

凱伊拿起通訊機。

「前方的狀況沒有變化。森林裡似乎有魔獸棲息，但目前沒有要出來的跡象。繼續前進。」

『了解。』

指揮官貞德的聲音傳來。

「貞德，我想問個問題。」

『跑在我們旁邊的魔獸的狀況嗎？我已經習慣了。比起這麼龐大的身軀，牠散發出的臭味反而更棘手。要不是因為車子正在行駛，真想打開後車廂拿防毒面具出來戴。』

「……好慘。對了，那傢伙呢？」

『誰知道？應該還騎在魔獸背上。』

話剛說完——

凱伊等人搭乘的軍用車，車頂便傳來「咚！」一聲巨響。

「上面？該不會……鈴娜、蕾蓮，注意上方！」

凱伊坐在駕駛座上，將天窗開到最大。

首先看見的是藍天——

「哎呀，你還特地為我開窗呀？」

笑聲自嬌豔的唇間洩出。

明明位在逆光處，雙峰卻依然引人注目的身軀，不容抗拒地映入凱伊的眼簾。

「…………」

「哎呀，你一臉有話想說的樣子？」

「要跳到別人的車子上，至少先講一聲。天窗很難修。」

「講了也會被風聲蓋過去吧？」

「我們這邊有蠻神族（精靈）跟鈴娜在。聽覺之好是有保證的。」

「噢，也對。」

惡魔少女透過在高速公路上行駛的車子的天窗環視車內。

後座是鈴娜跟蕾蓮。夢魔姬盯上的，是空在那邊的副駕駛座。

「找到好位子了。」

「啊！喂，惡魔，妳在做什麼！」

糟糕——

鈴娜帶著錯愕的表情大叫時，已經太遲了。惡魔颯爽鑽進凱伊旁邊的座位。

「凱伊旁邊是我的位子！」

「妳不是坐在後面嗎？」

「那……那是因為後座（這邊）比較寬敞，可以伸展身體，我才暫時離開！」

「位子狹窄我也不介意。」

隔壁的座位——

夢魔姬緩緩用修長的雙臂，勾住凱伊握著方向盤的手。彷彿要吸附住他的肌膚，動作仔細且妖豔。

還扭動身軀，把胸部貼過來。

「窄一點的地方比較方便卿卿我我。對吧，人類？」

「繫好安全帶。」

「…………」

伸向凱伊臉頰的手，在空中停下。

「不曉得什麼時候會緊急煞車。要是機鋼種刺穿這條高速公路爬上來就糟了。」

「真無趣。」

海茵瑪莉露大嘆一口氣。

「還有，『混血的』。放開妳的手。」

「……別碰凱伊。」

「我正準備把手抽回來呀。是妳的怪力在妨礙我吧。」

鈴娜用力掐住夢魔姬的手腕。

雙方默默互瞪，先放手的是鈴娜。重獲自由的海茵瑪莉露也乖乖坐回副駕駛座。

……雖然我早就知道她是這種個性，真像鈴娜會做的事。

……跟英雄級惡魔互瞪也毫不畏懼，非常可靠。

由此可以推測。

兩人的力量幾乎不相上下。否則以惡魔族的天性，夢魔姬肯定會憑藉蠻力蹂躪鈴娜。

而鈴娜的實力足以讓她猶豫，兩者都在警戒對方。

「蕾蓮不怕嗎？」

「怕什麼。區區小惡魔，身為精靈巫女的老身何以為懼！」

「呃，人家是英雄級……」

「一樣。」

在敵對種族面前，精靈的態度反而比平常更有威嚴，雙臂環胸。

或許是蠻神族的矜持使然。

「這種半裸惡魔，腦袋明顯不好。」

「身材沒料的精靈，講出來的話也沒什麼料呢。」

「平胸有什麼錯！」

「……啊——好了好了。蕾蓮也安靜點。」

三位少女在車內互瞪。

除了凱伊，其他人全是異種族，相當詭異的畫面。

「哦？我是想轉換心情才進來看看的，不過——」

海茵瑪莉露在副駕駛座上翹起腳。

「裡面視野真差。幾乎聽不見外面的聲音嘛。」

「我不介意妳現在就回魔獸的背上。」

「你好冷淡喔。旁邊可是這麼有魅力的夢魔耶。算了，之後再好好誘惑你……」

惡魔少女伸出手。

手指立刻抓住凱伊放在駕駛座的通訊機。

「啊，喂！」

「人類是靠這個對話的吧？奴隸身上也有帶著，所以我知道。」

王都烏爾札克的居民淪為奴隸過。

因為冥帝凡妮沙這名最強的夢魔洗腦了數千人，納入掌控之中。

「……惡魔學會使用機器了？」

「這東西真好用。用不到法力，所以不會被蠻神族和聖靈族發現。」

惡魔開心地碰觸通訊機。

動作熟練到令凱伊瞪大眼睛。

「我沒打算自己做，但人類製造的機器用起來很好玩，我滿有興趣的。」

「妳要做什麼？」

「——喂喂——聽得見嗎？」

目前，能用凱伊的通訊機聯繫上的只有人類反旗軍。

通話對象是——

『海茵瑪莉露！』

「我在車子裡，在凱伊旁邊借他的機器用。」

『……然後呢？』

「想叫你們稍微換個方向。」

『什麼！』

「啊，別那麼兇嘛。我可是為你們好。」

夢魔姬往旁邊瞄了繼續開車的凱伊一眼。

指著面向惡魔森林的高速公路。

「前面就是魔獸的巢穴。有三個左右的巢穴分散在那裡。」

『…………』

「魔獸分為兩種。懂事的孩子跟不懂事的孩子。」

『前方的是哪一種？』

「當然是後者。地盤意識強烈，所以看到人類的車子八成會瞬間發動攻擊。不想跟牠們打起來的話就立刻改變方向。反正你們只要能到西方國境就好，沒必要直線前進吧？」

前方的地面沒有鋪路。

這片荒蕪的土地，八成會毫不留情地磨損車輪。就算能順利通過，輪胎壽命也會減少。

惡魔卻叫他們前進。

『……明白了。遠離魔獸的巢穴。全車輛，都聽見了吧。』

靈光騎士在通訊機另一端心不甘情不願地回答。

『凱伊，不好意思，可以麻煩你繼續帶頭嗎？』

「我會注意安全。」

凱伊突然轉彎。

從柏油路駛向裂開來的堅硬大地。高速旋轉的輪胎導致碎石用力噴到空中。

「哇哇，凱伊！開車溫柔點！」

「我很溫柔了。不溫柔的是地面。」

一有疏忽就會失控。

凱伊一面閃避刺出地面的巨岩，一面偷看坐在旁邊的夢魔姬。

她很習慣坐車。鎮定地翹著腳，跟鈴娜和蕾蓮第一次坐車時慌張的模樣相去甚遠。

……跟正史的紀錄愈差愈多。

……紀錄中也沒記載惡魔可以毫無障礙地使用人類的機器。

這也是世界輪迴的影響？

說不定不只第六種族「機鋼種」，五種族也在慢慢產生脫離正史的變化。

「哎呀。我一直很善變呀。惡魔統統都一樣。」

海茵瑪莉露將通訊機拿在手中把玩。

「聰明的選項要多少有多少，卻無法滿足於此。再說，只要我有那個意思——」

她回頭望向後方。

「遠比那邊的蠻神族和雜種更有智慧。」

「什麼！惡魔可是最難以溝通的野蠻種族，竟敢出此狂言！」

「沒錯！惡魔一下就會生氣，用法術攻擊人！」

……呃，蕾蓮一開始不也說過「人類這種生物哪有辦法溝通」？

……鈴娜也是，對救了她的我出手。

她們有資格說別人嗎？

凱伊將真心話吞回去，還沒來得及反應——

「啊，我都忘了。」

旁邊的惡魔少女就用力打開車門。

車子正在急速行駛。

「喂！危——」

「退下。」

咆哮撼動大氣。

在旁邊奔跑的魔獸賈巴沃克朝天一吼，以將堅硬的地面踏出凹洞的氣勢開始往回跑。

「不需要護衛了？」

「只是因為馬上要離開魔獸（那孩子）的地盤。人類不也會由國王或貴族劃分領土範圍？」

「我從來沒聽過惡魔也會按照種族區分領土。」

不過可以理解。

雖說是惡魔，例如體型小的小惡魔的住處，魔獸巨大的身體就進不去。蠻神族也分成住在森林裡的精靈和住在天空的天使。

「咦……」

鈴娜發出反感的聲音。

「所以前面是其他惡魔的地盤嘍？」

「妳問我嗎？我雖然沒義務回答，答案是『那當然』。看見這輛車，牠們搞不好會聚集過來。」

「饒了我吧。」

既然夢魔姬也在，魔獸應該不會襲擊他們，不過被一大群惡魔包圍，感覺絕對不會好到哪去吧。

「古代魔好奇心旺盛。我已經命令牠們不准動手，卻沒說不能靠過來。會動的人類車輛挺稀奇的，牠們可能會基於好奇湊過來看。」

「……隨便牠們看，拜託別動手。」

「你就祈禱吧。」

然而——

惡魔群始終沒有出現在人類反旗軍面前。

「唔，沒有出現耶？」

「喂，那邊那個夢魔，妳唬我們呀？」

「…………奇怪。什麼狀況？」

海茵瑪莉露站起身。

不顧車子還在行駛，再度打開車門，探出上半身。

「堂堂的夢魔姬親臨此地，竟然一隻惡魔都沒出來迎接，有點難以想像喔？」
在她低聲咕噥的同時。
沒有道路的荒野上。

槍聲響徹四方。

「什麼東西！」
誰在這座荒野開槍？目標又是誰？
凱伊的疑問，被夢魔姬流著血向後仰的模樣驅散。
出血？重傷嗎？
沒有確認的時間，凱伊只是放聲吶喊。
「海茵瑪莉露！」
似曾相識。
貞德的鎧甲被射穿的畫面，以及鈴娜的翅膀被射穿的畫面浮現腦海。
機鋼種——
那隻機械生物，是體內有槍的怪物。
「是那些傢伙嗎！」

凱伊奮力用單手操縱方向盤，拚命伸出手，在情急之下抓住差點掉出車外的夢魔姬的肩膀。

「敵襲！」

他對放在大腿上的通訊機大吼。

沒空等待貞德回應，就自顧自地接著說道：

「是機鋼種！停車的話會被狙擊，直接衝過去！」

土沙飛揚。

揚起的沙塵阻擋在車輛前方，凱伊確實看見了深灰色的巨大身軀從地底爬出。

「海茵瑪莉露，妳醒著嗎！」

「…………」

他依然抓著夢魔姬的肩膀。

凱伊使出全力，試圖將上半身後仰、快要摔出去的她拉回車內——

那名惡魔親手拍掉凱伊的手。

「！」

「——少得意忘形了，愚蠢之徒！」

惡魔怒吼。

血液自額頭滴落，夢魔姬的嘴唇勾起帶著殺意的嬌笑。

「——區區鋼鐵，想殺我還早了一千年呢！」

惡魔衝出車外。

用左手按住流著漆黑血液的額頭，凱伊看見她的右手亮起如同煉獄的紅蓮光芒。

「統統化為塵土吧！」

暴風。

地面整個被掀起來。

機鋼種正準備浮上，前方的地面卻連同土沙一起消失，數以萬計的火星將天空染成鮮紅。

「糟糕！火焰往咱們這燒過來了……鈴娜！」

「喂、喂。夢魔，妳幹嘛！」

鈴娜跑到車外，雙手對著空中，以目不可視的法力隔絕膨脹的爆焰。

火焰在燒到凱伊等人的車輛前逐漸熄滅。

「哎呀？」

「妳在哎呀什麼啦，夢魔，搞什麼鬼！差點連我們都被——」

「被牠逃掉了？停車。」

緊急煞車。

六輛軍用車在離火焰有段距離的地方停下。持槍的傭兵們紛紛跳下車，看見夢魔姬的傷

勢輕聲尖叫。

從後面跑過來的貞德看見惡魔的額頭，也皺起眉頭。

「傷口在頭部嗎……？」

「嗯？完全沒事啦，我本來就想說敵人差不多該動手了。我的瘴氣被貫通挺令人不爽的就是。」

海茵瑪莉露扔給凱伊的，是一塊鋼鐵碎片。

凱伊用手掌接住的碎片，碎成了粉末。

推測是瞄準海茵瑪莉露的子彈，在與瘴氣接觸的瞬間已經急速劣化，因此夢魔姬的傷勢頂多只有被小石頭砸中的程度。

……問題不在於傷勢重不重。

……而是都用瘴氣防禦了，依然受了傷，令她感到恥辱嗎？

「所以，機鋼種呢？」

「被牠逃了。看就知道了吧。」

指揮官環顧四方，海茵瑪莉露在旁邊隨口回答。

「我看到牠在法術發動的前一刻鑽進地底。本來想把牠連著地盤一起抓出來，大卸八塊的說。」

「……像鼴鼠一樣鑽進地底？」

「那塊鋼鐵好像能跟在水裡游泳一樣潛入地底。現在應該逃到地平線的另一端了。」

速度遠超夢魔姬的預料。

機鋼種潛入地底的速度極快，在千鈞一髮之際免於遭到法術直擊。

「……嘖。」

惡魔少女把手從額頭上拿開。

被子彈射中的傷口已經徹底癒合。儘管還留有一些痕跡，大概很快就會消失。

「唉——我的臉應該有五十年沒受過傷了。」

「海茵瑪莉露，妳剛才說沒看到部下對吧？棲息在這一帶的古代魔沒出現，會不會是因為……」

「嗯——？傷腦筋。我可不希望領土被那樣的外來種搶走。」

夢魔姬手指抵在脣上，做出思考的動作。

「欸，人類，剛才那一隻會不會在地平線的某處出現？你們人這麼多，給我派上點用場吧。」

「正在搜索了。我的部下在巡視周圍。」

貞德立刻回答。

從牠在惡魔墳墓纏著一行人不放的執念來看，很難想像機鋼種真的逃跑了。潛入地下是為了閃躲夢魔姬的法術。最好做好牠會再次浮上地面的心理準備。

……海茵瑪莉露本身比誰都還要戒備。

……雖然她沒直接說出口，機鋼種在她眼中就是如此強大的敵人。

凱伊拿起亞龍爪。

因為兩側的鈴娜及蕾蓮也在集中精神，以偵測機鋼種何時會反擊，從剛剛到現在都沒說過半句話。

然而——

怎麼等都等不到潛入地底的機鋼種出現。

「鈴娜，汝不是鼻子很靈嗎？有沒有聞到味道？」

「完全沒聞到。地下也沒聲音。」

「老身也沒聽見。絲毫感覺不到敵人接近的氣息。」

蕾蓮跪在地上。

大概是想讓耳朵靠近地面，好聽清楚聲音，不過憑藉精靈的聽覺似乎也聽不出異狀。

「唔。不曉得是在警戒咱們，還是去召集同夥了……」

「啊？妳這種平胸哪裡需要警戒了？」

「這傢伙——————！」

夢魔姬和精靈瞪著對方。

這時。

「貞德大人！」

前去周圍調查的五名傭兵回來了。最後方的士兵雙手抱著巨大的袋子。

「是機鋼種（那傢伙）的殘骸嗎？」

「不、不是……」

傭兵打開綁起來的袋口。

從倒過來的袋子裡掉出的，不是鋼鐵碎片。

「我們找到的是這個。」

一根羽毛輕輕落在地上。

——比凱伊的全身更巨大的黃金色羽毛。

這是什麼？

這根過於巨大的羽毛。

看著它為之語塞的不只凱伊，指揮官貞德及二十名部下也愣在原地。

「怎麼看都是羽毛。」

蕾蓮伸手撫摸地上的羽毛。

「幻獸族？但老身從未見過羽毛如此巨大的個體。」

「……我也是。」

凱伊蹲在精靈巫女旁邊，跟著用指尖觸碰黃金色羽毛。

好硬。

表面如絹絲般滑順，構成羽毛的纖維卻異常堅硬，彷彿連子彈都能彈回去。

……羽毛這麼大？

……那本體會有多大啊。這傢伙的體型根本和幻獸族同等級。

凱伊猛然感到一陣焦慮。

不只機鋼種。

還有某種超出常理的怪物在這附近。每個人應該都感覺到了。

「諸位，立刻重新出發吧。只不過——」

貞德仰望天空。

仔細確認湛藍的天空上沒有任何生物。

「敵人未必會從地底出現。天窗要一直開著，別疏於戒備天空！」

傭兵們紛紛離開。

沒人去回收地上的羽毛。後車廂已經裝滿行李。沒空間放多餘的東西。

「凱伊，咱們也出發吧？」

「嗯。可以的話，我想把這根羽毛帶回去調查，不過沒辦法。」

他提著亞龍爪轉過身。

「鈴娜，海茵瑪莉露，走了喔。」

「好——！」

「……可惜，我難得有點手癢，這樣就結束了？」

明明受了傷，惡魔少女卻垂下肩膀，一副捨不得中止戰鬥的樣子。

「竟然把我的鬥志點燃就沒了。我喜歡吊人胃口，被人吊胃口卻不怎麼愉快喔。」

「不僅沒結束——」

凱伊坐上駕駛座，拿起聯邦的地圖。

「我們連北方(烏爾札)的國境都還沒越過。現在才開始呢。」

隊伍已經徹底脫離原本要走的高速公路。現在位置也僅僅是推測出來的，之後只能在沒有路標的荒野中前進。

「海茵瑪莉露，前面那塊地區也是古代魔的地盤嗎？」

「誰知道呢，從剛才的情況判斷，牠們的地盤好像也被搞亂了。你們的地圖又那麼舊，隨便前進就行了吧？」

「就算要隨便前進，我也想做到最好，盡量選擇安全的路線。」

「人類真認真……啊，不過，說到這個。」

「怎麼了？」

海茵瑪莉露露出得意的笑容。

「有件事想跟人類(你)確認。以前古代魔發現了一個地方，那是什麼？」

「……妳指的是？」

「那是人類蓋的嗎？我很好奇他們為何瞞著惡魔（我們）偷蓋那種莫名其妙的東西。」

惡魔少女身體一口氣探向前方，彷彿要展現豐滿胸部間的溝壑。

漆黑指甲指向的——

是凱伊手中的地圖，位在北方（烏爾札）及西方（修爾茲）國境交界處的一點。

「就在國境前面。我帶你去看。」

World.3

Chapter:

祝福之子

Phy Sew lu, ele tis Es feo r-delis uc l.

1

溫蒂妮之淚——

遠方靈峰的雪水，最後匯集成流往大陸西部的大河。只要在這片荒野再開幾小時的車，應該就會抵達那條自然國境線。

烏爾札人類反旗軍在它前面停下車，茫然凝視眼前的景色。

「這裡是怎麼回事……」

率領部下的貞德的呢喃，不是對任何人說的，而是她不自覺地將心情訴諸於言語。

「……簡直是樂園。」

那個空間存在於裂開的荒野正中央。

會讓人忍不住想脫掉鞋子在其上奔跑的綠色草坪。

長滿翠綠樹葉的大樹，結著色彩繽紛的果實。小鳥在樹上聚集成群，蝴蝶停在繁花上。

不存在生物之間的紛爭——

多麼靜謐和平的場所。

「好棒——凱伊凱伊，這種果實有股甜甜的味道。」

「慢著，鈴娜。這裡可是那個夢魔姬帶咱們過來的。氣味香甜的果實搞不好也有劇毒。千萬別亂——」

「好吃！」

「聽老身說話！……唔。的確，這果實挺美味的。」

鈴娜及蕾蓮嚼著紅色果實。

外型與蘋果相似，水分卻遠比蘋果豐富，傭兵們被香甜的氣味吸引，羨慕地抬頭看著果實。

「空氣也沒有灰塵的臭味，光躺在這就令人心曠神怡。老身喜歡這地方！貞德啊，今日就在此過夜吧！」

「在這邊嗎？可是跟原訂計畫不同……」

「若咱們開一整晚的車抵達國境，到時天都黑了。比起於深夜被幻獸族發現，在這等到天亮較為明智吧？」

「我也贊成——」

鈴娜及蕾蓮躺在綠草鋪成的地毯上。

貞德無奈地看著兩人，對身旁的親信使了個眼色。

「古雷戈里整合隊長。」

「在！」

「你怎麼看？我們該在這休息一晚嗎？」

「目前最重要的是西方（修爾茲）的狀況。我們裝在車上的小型通訊機，無法跟西方（修爾茲）取得聯繫。電波要等越過西方（修爾茲）的國境才會接上。」

以參謀的身分來說，是十分標準的回答。

凱伊他們的當務之急，是盡快回到西方聯邦，與巴爾蒙克指揮官等人會合。

「大原則是盡早越過國境對吧？」

「是的。不過還有兩天的時間。您所說的八天明明是臨時想出來的，卻非常精確。」

花三天挑選成員及準備。

第四天早上離開王都烏爾札克。

那是前天的事。

「就算在這邊過夜也還有時間。明天穿越國境，後天和西方（修爾茲）的聯合軍會合並非不可能。只不過，請您先等我們確認這個地方沒有危險。」

綠色聖域——

在乾燥冷清的荒野上突然出現一小塊舒適的空間，宛如沙漠的綠洲。老練的傭兵意識到這可能是陷阱。

「請等部下們探索完。再說，這裡是惡魔指定的地點。沒人知道到底有什麼東西。」

「哎呀？這麼不相信我？」

啪沙——

妖豔的惡魔從後面抱住他，將豐胸壓在背上。用展開的雙翼包覆住古雷戈里整合隊長，不讓他逃離。

「隊長！」

「！給、給我放開！」

「答對了。不可以相信惡魔說的話。這個觀念不錯喲。」

「——海茵瑪莉露！」

「喔喔好可怕。不必那麼擔心，我只是在碰這個人類呀。放心啦，夢魔吸收生氣要按照步驟來。所以他還不會有事。」

纖細的手臂蘊含驚人的力量，惡魔抱著整合隊長不肯放開。

當著貞德的面。

這副景象，等同於惡魔抓住了人質。

「不相信惡魔（我）說的話。那是正確的。可是呀，你沒想過被人用那種毫不掩飾敵意的眼神瞪，我也會感到不快嗎？」

「……唔？」

整合隊長面容扭曲。

基於被夢魔抱住帶來的寒意，以及她尖銳的話語。

「覺得我想把你們引到這裡一網打盡？笨死了，如果我真有那個意思，一開始就會從空中對王都開砲。」

「…………」

「惡魔（我）沒設陷阱。懂了沒？」

「……了解。」

貞德代替面色蒼白的隊長，以嘆息回答。

「夠了，海茵瑪莉露。我相信這不是惡魔的陷阱。比起整合隊長（那名人類），妳更想聽到指揮官（我）的回答吧？」

「很高興妳明白。」

惡魔少女臉上浮現燦爛的笑容。

放開隊長後，她就一副失去興趣的態度，看都不看他一眼。

「啊，我是什麼都不會做，不過機鋼種說不定潛伏在這裡。怕的話就多注意一下牠吧？——先不說那個了，呃，泰伊。」

「是凱伊。」

「噢，對。人類的名字真難記。你過來。」

夢魔姬招招手。

「剛才那個人類抱起來超不舒服的。有沒有願意溫柔接納我的人類？」

「——」

「啊，你想無視我？」

「反正裡面還有東西吧。與其在這邊逗我，不如快點幫我帶路，畢竟我跟妳不一樣，沒來過這個地方。」

「…………」

「怎麼了？」

惡魔少女緊盯著他。

沉默是憤怒的表現？不對。這位夢魔姬兩眼發光，彷彿發現了有趣的東西。

「你這人真奇怪。很習慣跟我說話。」

「嗯？」

「你回我話的時候，像在跟人類交談。」

「……是嗎？我沒自覺。因為我早已習慣跟其他種族溝通。」

「我知道。我就是在說你那無自覺的態度很熟練。你真的是奇怪的人類。帶著——」

混血種（鈴娜）與蠻神族（蕾蓮）。

惡魔少女看了跟在凱伊身後的兩位少女一眼，難得像無言以對似的，露出淡淡的苦笑。

她聳聳肩膀，一副無法理解的態度。

——帶著這麼多異種族，你想成為世界之王嗎？

那句話——

大概只有凱伊及其身後的兩人，聽見夢魔姬的聲音。

「……………」

「幹嘛一臉錯愕？你難得露出這種表情呢。」

「我不知道該怎麼回應。」

凱伊不知所措，抬頭望向天空。

「……世界之王嗎……」

他還沒跟這位夢魔姬說明自己的來歷。照理說，她應該只知道自己是打倒凡妮沙的人。

世界之王——

多麼諷刺、空洞無比的稱號啊。

「海茵瑪莉露。」

「嗯？」

「我不是這個世界的人類。沒人記得我的存在，人類反旗軍一開始也把我當成可疑人士。所以我才不是什麼王。」

「咦？」

這次換成海茵瑪莉露當場愣住。

然而，她立刻繃緊神情，狐疑地瞇起眼睛。

「講這種莫名其妙的話是想挑釁我嗎？我喜歡愚弄其他種族，但最討厭被人愚弄了。」

「那妳去問貞德。我沒有愚弄妳。」

「…………」

「想知道詳情的話，明天移動時我再跟妳說。比起這個，這裡不是妳帶我們來的嗎？至少幫忙帶路吧。」

「……吊人胃口。算了，畢竟是我說想來這邊的。」

被略高的樹木包圍的翠綠樂園——

海茵瑪莉露熟門熟路地走向深處。

……烏爾札聯邦有這種地方嗎？

……連在正史都沒聽過。

是在別史誕生的地區？就算是這樣，四周的大地荒蕪至此，這裡還有這麼一處生機盎然的綠色樂園，實在令人驚訝。

「明明是古代魔發現這裡的，這裡卻沒有惡魔？」

「我對這種假森林沒興趣。我剛才不也說了嗎？我好奇的是人類蓋的那棟建築物。」

「建築物？」

「沒有門的大樓。細節惡魔（我）不知道。」

成排的樹木結實纍纍──

眾人聽著啁啾鳥鳴，穿越如同果樹園的森林。開闊的視界前方，是被綠色苔蘚覆蓋的石造建築物。

「咦！」

鈴娜大聲驚呼。

「咦……為、為什麼這東西會！欸，平胸精靈，怎麼回事呀？」

「這是老身要問的。」

精靈巫女嚥下一口唾液。

「……沒想到精靈森林裡的遺跡會出現在這裡……！」

未解析神造遺跡。

將巨石加工成方塊狀蓋成的巨岩遺跡。

據說跟墳墓一樣是自古以來就存在的建築物，但不確定是誰建造的。不過至少凱伊知道這座遺跡是為何而存在。

『我是五種族大戰結束後的世界的存在。』

『阿絲菈索拉卡。人類稱呼我為看透未來的「祈神」。』

「……預言神的遺跡？」

原來北方聯邦也有。

人類反旗軍裡面，沒人知道它的存在。正因為是被惡魔支配的領土，這座遺跡才會一直默默聳立於此，數百年來都不為人知吧。

……精靈森林的未解析神造遺跡，是祈子阿絲菈索拉卡的神殿。

……那麼這裡是？其他預言神？

這個世界的「希德」傭兵王阿凱因．希德．柯拉特拉爾，之前暗示過除了祈子以外還有其他預言神。

「所以它到底是？人類應該知道吧？」

「海茵瑪莉露，我們也不知道這座遺跡是什麼。我能說的只有伊歐聯邦也存在同樣的建築物。」

很像。

可是若問他兩者是否為同樣的建築物，凱伊沒有自信。

「老實說，我也想知道。」

「不過只有人類或蠻神族會蓋這種奇怪的東西吧。精靈，妳呢？」

「蠻神族（咱們）才不會用這種石頭。」

精靈巫女撫摸長滿青苔的巨岩。

「但老身也不認為是出自人類之手。夢魔，仔細看，這座遺跡的石頭沒有接縫。想加工如此巨大的石頭，連矮人都得費一番工夫。人類沒那個能耐。」

「那妳說這是什麼？」

「……看似遺跡，卻沒有門。」

「喔？所以呢？」

「呃，就是那個……嗯……意思是……」

「妳不知道？」

「…………………哎，是可以這麼說。」

「唉——沒用的精靈。」

夢魔姬挺起豐滿的胸膛，對蕾蓮投以輕蔑的目光。

「沒腦也沒胸，妳到底有什麼用？」

「腦袋和胸部老身都有吧——————！」

「你們也看到了，我很好奇這是什麼。」

視線移向凱伊。

「不是人類蓋的要塞？不是用來反抗惡魔的詭計？那就沒關係。」

「要走了嗎？」

「嗯。本來想說如果是人類的要塞就破壞掉，既然不是，我對石塊才沒興趣呢。」

海茵瑪莉露別過頭。

相反的——

蕾蓮專注地凝視眼前的遺跡。鈴娜也把耳朵貼在遺跡外牆上。

「鈴娜，有聽見聲音嗎？」

「什麼都聽不見。我還想說搞不好裡面有機關，結果只是普通的石頭。巨大的石塊。」

這時。

在綠洲深處探索的士兵們的腳步聲傳來。

「貞德大人，探索完畢。這一帶果然是小規模的水源區。我們在那裡面找到一座湧泉。」

「……是潛入敵陣前最後的休息時間。」

貞德對周圍的士兵使了個眼色。

「諸位，以此處為營地。從檢查完車輛的部隊開始休息！」

2

小小的樂園（綠洲）——

黑夜降臨綠色樂園的時刻。天亮時停在樹枝上的小鳥也失去蹤跡，只聽得見微弱的蟲鳴。

「真的是很和平的地方。到了晚上也沒半隻野獸出現……啊，對了鈴娜，幫我從行李裡拿乾布出來。」

「好——這個可以嗎？」

「那是我的衣服啦！我要的是用來擦槍的布！」

凱伊正在保養亞龍爪，鈴娜則在以幫忙為名干擾他。

旁邊的精靈愉快地哼著歌。

「啦啦啦，啦啦啦。把這個跟這個混在一起稀釋，再加一些這個進去試試看好了。」

「蕾蓮，那股臭味愈來愈強烈了。」

「良藥苦鼻。效果愈強的靈藥，味道就愈重。」

蕾蓮晃著形似燒瓶的容器。

裡頭裝著像檸檬汁的混濁液體，在凱伊面前冒出白煙。

「然而效果太強了，人類喝下去會昏倒。」

「那根本沒用嘛！」

「放心。老身預計調淡一點，配合人類（汝）調整劑量。這個嘛，稀釋成三十倍到五十倍好了。」

「這範圍好大，我很不安……」

「還在誤差範圍內。多說無益，看好了。」

蕾蓮坐在草皮上，一動也不動。

這回答就凱伊聽來極度令人不安，她的眼神卻十分嚴肅。

「汝受傷之時，老身也為汝調製了精靈的靈藥，不過這次的藥跟那種傷藥可不是同一個等級。汝想要純正的戰鬥藥是吧？」

「嗯。最好是精靈的肉體強化藥。」

「……真是。雖說世界無邊無際，如此光明正大地索討精靈靈藥的人類，汝想必是第一個。」

蕾蓮將燒瓶放在地上苦笑。

「為了與體型過於龐大的幻獸族對抗。更進一步地說，是為了與幻獸族拉蘇耶再戰。老身不是不明白這個理由，但是……」

「果然太強人所難了嗎？」

「成不了殺手鐧。說實話，勸汝把這藥當成聊勝於無的程度。」

「那樣就夠了。」

這幾天，凱伊不斷在腦內模擬跟幻獸族英雄（拉蘇耶）的戰鬥。

離抵達西方（修爾茲）還有兩天。

在那之前需要準備對抗他的手段。

……拉蘇耶是紅獅子。

……而且還是突然變異體。把他當成自然誕生的「超擅長戰鬥」的生物肯定沒錯。

連戰車的砲擊都無法對他造成傷害。

有用的只有世界座標之鑰。

然而，第一次跟他交戰時，凱伊已經用世界座標之鑰偷襲過他。就算故技重施，拉蘇耶肯定會提防。

需要擬定下一次用正攻法迎戰的策略。

「一擊就好。只要能讓我閃掉那傢伙的攻擊，反擊一次就行。」

「唔。哎，頂多也只能做到那個程度。」

精靈巫女盯著製造到一半的靈藥。

這時。

「喂，凱伊，喂。你要讓我等到什麼時候？」

惡魔少女的聲音傳來。

海茵瑪莉露從露營用帳篷探出頭，妖豔地向他招手。

「人類不是都在晚上睡覺嗎？說到睡覺就輪到身為夢魔的我出場了。過來，我會溫柔地陪在你身邊。」

用彷彿會散發香氣的甜美聲音說道。

「來吧——」

「我先跟妳說，妳的帳篷不在那裡喔，海茵瑪莉露。」

「哎呀？這不是你的帳篷嗎？」

先行鑽進帳篷的夢魔姬眨了下眼。凱伊直接對惡魔一指。

「妳的帳篷，在隔壁。」

「意思是？」

「妳跟鈴娜和蕾蓮睡同一個帳篷。」

「…………」

短暫的沉默後。

「慢著——————！」

「我不要——————！」

「開什麼玩笑——————！」

混血種（鈴娜）、蠻神族（蕾蓮）、惡魔（海茵瑪莉露）的聲音響徹夜空。

哀號聲持續了一陣子，率先開口的是蕾蓮。她扔掉裝著靈藥的燒瓶，一口氣站起身。

「為何老身要和夢魔睡同一個帳篷！」

「我要跟凱伊睡！」

「我也是！與其跟這種雜種，當然是跟凱伊一起睡更好。跟打倒凡妮沙姊姊大人的人類在同一個帳篷共度一夜……啊啊，感覺會是個刺激的夜晚——我還在這麼想耶！」

三人的音量大到令負責巡視的士兵轉過頭。

尤其是海茵瑪莉露的怒吼，似乎讓他們感覺到不祥的氣息，甚至有士兵反射性舉起槍。

「啊……大家安靜點。其他帳篷裡有人在睡覺。」

好了，該如何安撫她們？

凱伊被三位非人少女包圍，慎重地接著說：

「妳們三個在生物學上都是雌性。好好相處吧。」
「咱們種族不同！哪能跟惡魔睡同一個帳篷！」
「比起那個，我對凱伊不在更有意見！」
「我想跟凱伊兩人獨處。其他人不需要，只會妨礙我們愉快的夜晚。」失敗。
不僅沒用，好像還讓她們更憤怒了。
……呃，為什麼我照顧海茵瑪莉露照顧得這麼自然？
……光鈴娜和蕾蓮就夠累人了。
再說，這兩個人是「裝成人類的異種族」。蕾蓮只要藏住精靈的耳朵即可，鈴娜目前卻無法收起背上的翅膀。
現在，凱伊光是不讓人類反旗軍發現鈴娜的身分就夠忙了。
「凱伊，我知道的喔！夢魔會接近人類奪走生氣。跟她一起睡很危險！」
「一點而已，又沒關係。」
夢魔姬不僅毫不反省，視線反而愈來愈勾人。
「可以吧，凱伊？我跟過來就是在期待這個。一起在同一個帳篷度過愉快的夜晚吧？」
「我可不想中奇怪的幻惑法術。」

「啊，喂！」

凱伊無視惡魔少女，坐到草地上。

與其在帳篷裡睡，睡外面還比較安全。尤其是夢魔姬，沒人知道她在打什麼主意。

「……討厭。我都邀請你了還敢拒絕，真是失禮的人類。」

「妳要去哪裡？」

「沖澡。因為我身邊一直都是人類。萬一氣味沾到身上，對惡魔來說有失尊嚴。」

洗掉人類的氣味。

這是惡魔特有的儀式吧。仔細一想，鈴娜跟蕾蓮還沒習慣跟人類相處的時候，好像也動不動就想洗澡。

「還是說你果然對我的裸體有興趣？要一起來嗎？」

「蕾蓮說她要代替我去。」

「老身才沒說過這種話！」

「有什麼辦法。還不能讓夢魔姬（這傢伙）一個人自由行動。」

「……唔。好吧。藥剛好也調到一個段落了，老身順便去休息，沖掉這身汗。」

鈴娜背上的翅膀收不起來，無論如何都不能被被看見裸體。

以一起淋浴來說，只有蕾蓮適合。

「哎呀，竟然要跟惡魔同泉沐浴……實在不想被同胞們知道……」

「叫我跟精靈一起洗澡？看到這麼平的身體，我也不會高興。」
「這是老身要說的。汝那淫穢的肌膚，看了就讓老身不寒而慄。」
精靈與夢魔姬邊走邊抱怨。
「唉。這樣就能安靜一陣子了。」
「哇——！跟凱伊獨處了！我要睡在凱伊旁邊！」
「一樣不行。」
他按住像小貓一樣撲過來的鈴娜。
踩在草上的細微腳步聲響起。身穿甲冑的指揮官剛好在與兩人錯開的時機從後方走來。
「啊，貞咪怎麼了？」
「什麼怎麼了，我聽見這邊很吵，趕過來看看。那隻惡魔一有動靜，部下就會擔心。」
在場的只有凱伊及鈴娜兩人。
貞德也很快就發現最重要的夢魔姬和精靈不在。
「那傢伙呢？」
「去沖澡。蕾蓮負責監視。」
「讓蕾蓮去沒問題嗎？你不去監視她？」

「……我跟去才有問題吧。」

不愧是夢魔，海茵瑪莉露外表是個驚人的美少女。她會故意展現彷彿是為了誘惑人類而生的性感身軀，性格惡劣。

「妳要去盯著她嗎？」

「才不要。看人光明正大露出那麼好的身材……會有挫折感……」

「？」

「沒、沒事。既然知道騷動的原因了，我回去跟部下——」

『等一下，貞德。』

『這是個好機會。妳不覺得嗎？』

平穩的聲音。

迴盪四方的慈祥聲音，於腳下的草坪掀起波浪。忘都忘不掉。這個直接於腦中響起的神祕聲音是——

「！」

鈴娜身體一顫。

凱伊還沒想到原因，樹木後方就傳來有某種東西崩落的沉悶聲響。

「剛才的聲音是……！」

貞德回頭望向聲音的來源。

她慎重地往樹林深處前進，凱伊跟在後面……不過。

「鈴娜？」

「————」

鈴娜默默握住他的手。

抬起視線，欲言又止地看著他。

「怎麼了？」

「……我好不安。剛才的聲音，那個，呃……」

「是預言神對吧。我也想起了那傢伙的聲音。」

自稱祈子阿絲菈索拉卡的女神。

據說她授予正史的希德世界座標之鑰，由此可以肯定她是超然的存在。

「凱伊、鈴娜。」

貞德在樹叢間對兩人招手。

石頭上長滿青苔的未解析神造遺跡——理應毫無接縫的遺跡正面，空出足以讓一個人通過的空洞。

……隱藏通道？這麼光明正大地藏在我們面前嗎？

……白天明明誰都沒發現。

人類自不用說，連惡魔和精靈都沒察覺的超技術。儼然是被稱為未解析神造遺跡的遺跡。

「……她叫我們進去。」

「貞德，先等一下。要去的話我走前面，妳第二個。」

石造通道。

這座遺跡跟墳墓相似到讓凱伊產生這裡是墳墓內部的錯覺。

將巨岩裁切成一立方公尺的正方體，將其堆積而成。

昏暗又狹窄的石造通道。

前方是用不屬於這個世界的夢幻「藍色」點綴的祈禱之間。

藍色大聖堂。

從天花板到腳下都由深藍玻璃板構成的禮拜堂。

「跟精靈森林一樣……？」

『我不是說過嗎？與我連接的這座聖域，分散於世界各個角落。』

和禮拜堂深處的牆壁同化的臺座上——

有一尊身穿套頭長袍的人類女性石像。高度目測約十公尺以上。

自稱祈子阿絲菈索拉卡的石像。

明明是無機質的石頭，從那裡發出的穩重女聲，卻讓人覺得無疑是生物的聲音。

『可是，貞德、凱伊，我沒料到你們會來到烏爾札聯邦的此處，還帶著蠻神族和惡魔族。』

「……蕾蓮跟海茵瑪莉露？」

『我想你們也是思考過後才決定這麼做，不過……』

她的語氣聽起來像在溫柔地勸誡人。

『我不建議你們帶著那兩個種族行動。那兩個種族是人類之敵。即使打倒了幻獸族，那個事實也不會改變。尤其是貞德，妳應該記得在烏爾札遭到惡魔摧殘，化為廢墟的諸多城市才對。』

「……」

『身為統率人類的指揮官，其實妳心懷愧疚對吧？萬一烏爾札的人民知道妳偷偷帶著惡魔及精靈同行——』

「……這、這是……」

「等等。我也有話要說。」

貞德為之語塞。

凱伊沒等她繼續說，就對女神像開口。

「讓其他種族加入不是貞德的意思。是精靈提議讓蠻神（蕾蓮）族同行的，惡魔（海茵瑪莉露）也是她自己硬要跟過來。人類無權拒絕。妳應該也知道。」

『——』

「阿絲菈索拉卡，妳見識過正史的五種族大戰吧。」

『沒錯。』

「那妳照理說會知道，現在這場五種族大戰，疑似開始逐漸跟正史的五種族大戰走向不同的發展。」

不曉得是先知希德不在導致的影響——

還是因為切除器官這神祕的怪物——

要因大概不只一個，然而在人類已經敗北的這個世界中，人類反旗軍想靠一己之力勝利到最後，是不可能的吧。

『這個世界的人類，無法拒絕其他種族的提議？』

「我是這麼覺得。這是我實際在這個世界戰鬥過，親身體會到的。只追究貞德一個人的責任，是不是搞錯了什麼？」

『…………』

女性石像陷入沉默。

雖然凱伊並不知道她的沉默代表什麼意思。

『未來在逐漸改變。最大的要因或許是你自己，凱伊。』

「咦？」

『記好了。你比你想像中還要吸引其他種族。說他們對你有好感都不為過。』

「我嗎？太誇張了啦。我每次都只是被牽連進去。」

『……好吧。我也有點說得太過分。先擊潰幻獸族是正確的。那名獸人拉蘇耶，在正史是五種族大戰的最難關。因為他大概是人類最大的敵人。』

人類最大的敵人——

聽見那句話的瞬間，一滴冷汗滑過凱伊的背脊。

真的嗎？

那隻幻獸族，真的是人類最大的敵人？

「……阿絲菈索拉卡。」

『什麼事？』

「我也同意拉蘇耶是首要敵人。可是五種族大戰的最大難關，真的是那名英雄嗎？」

『你的意思是？』

「我想請妳告訴我一件事。想借妳的智慧一用。」

凱伊仰望神像，擠出這句話。

……對了，這不正是個千載難逢的好機會嗎？

……若是這位預言神，有可能知道最令人掛心的那個情報。

凱伊感覺到拳頭滲出汗水。

「拉蘇耶提到一件奇怪的事。」

『那名獸人嗎？』

祈子阿絲菈索拉卡發出疑惑的聲音。

『這對我來說也是出乎意料。雖然我無法想像他會跟人類對話，凱伊，你從那名獸人口中聽見了什麼？』

「妳聽過『大始祖』嗎？」

「————————」

永恆的靜寂。

祈子阿絲菈索拉卡的沉默就是如此凝重，導致凱伊和貞德都猶豫該不該開口。

『……那不是先知希德一直在追尋的災厄之名嗎？』

「！妳聽過嗎！」

『我也只有聽希德提過。結束五種族大戰，成功將所有種族封印在墳墓後，他依然心存疑惑的樣子……噢，原來如此。現在一想，他把世界座標之鑰藏起來的理由我也明白了。』

「藏在惡魔的墳墓？」

『是的。』

先知希德早已預料到會發生世界輪迴。

這句證言正是出自冥帝凡妮沙口中。當然，祈子阿絲菈索拉卡不可能知道。

『凱伊，你那把世界座標之鑰，是以前我給予希德的。』

「嗯，我有聽說。」

『五種族大戰結束後，就不需要那把劍了。因此我等著他來歸還世界座標之鑰。不過他始終沒出現。應該是覺得之後還會用到世界座標之鑰，而他的預感是正確的。』

「……我被它救了一命。」

凱伊是多虧世界座標之鑰才撿回一命。

鈴娜也一樣。被關在有切除器官徘徊的空間中的時候，要不是因為有希德之劍，他們肯定無法逃離。

『回歸正題吧。關於大始祖，我也沒有聽希德說過詳情。最接近核心的只有希德一人，推測幻獸族的英雄只是拿那個名字當線索罷了。』

「妳不會想調查那個大始祖的情報嗎？」

『現在的我能做到的事情有限……我不是說過嗎？創造世界視之鑰耗盡了我的力量。』

她的語氣帶有一絲自嘲。

外型是女神像，卻能從中感覺到千真萬確的智慧。

『再補充一個理由吧。對我跟希德來說，眼下的五種族大戰是攸關生死的最大戰爭。只能將力量傾注於敗北會直接導致人類滅亡的戰鬥上，除此之外全部延後處理。』

「……在這個世界或許也一樣。」

凱伊斜眼瞄向烏爾札人類反旗軍的指揮官貞德。

察覺到他的視線，貞德也微微頷首。

……人類反旗軍的願望是結束五種族大戰。

……可是對我和蕾蓮而言，那個大始祖應該才是最大的敵人。

目的不同。

凱伊與人類反旗軍同行的理由，是因為他推測引發世界輪迴的元凶在四英雄之中。

而搜索犯人的過程，進入了新局面。

『凱伊，你知道該優先對付的敵人是誰吧。』

「當務之急是趕到修爾茲聯邦。之後再調查大始祖。」

現在要以打倒幻獸族及機鋼種為最優先。

特別是牙皇拉蘇耶太危險了。與切除器官融合的那名獸人，無疑是一隻就有可能害人類滅亡的災厄。

「凱伊，我們該走了……」

貞德回頭望向後方。

「已經過了一段時間。那兩個人說不定回來了。」

「好。我可不想被蕾蓮跟海茵瑪莉露懷疑。」

惡魔及精靈回來，看到自己不在，八成會起疑。

身為人類反旗軍的指揮官，貞德也不能離開部下太久。

『要走了嗎？』

「嗯。不過託妳的福，也有新的收獲。」

大始祖果然存在於正史。

先知希德一定也在懷疑大始祖。問題是，要如何調查不存在於這個世界的他。

……有六元鏡光在。

……那傢伙應該記得希德。

而六元鏡光在西方。

對凱伊來說，前往修爾茲聯邦與得到大始祖的線索有直接的關聯。

「回去吧。鈴娜，還好嗎？我看妳一直不說話。」

『最後再說一句。』

凱伊轉過身，背後傳來女神像的聲音。

『這不是預言，而是我多管閒事。』

「什麼事？」

『────鈴娜。』

女神像指名的不是凱伊，也不是貞德。

而是獨自默默待在一旁，存在感最為薄弱的少女。

『我明白妳有意跟我保持距離。儘管所剩無幾，妳還是感覺得到我的力量呢。』

「…………」

「？什麼意思，鈴娜？」

「……不知道。」

鈴娜怯生生地開口。

依然沒有正視面前的女神像。

「我待在這邊會坐立不安。但我不知道原因。」

『傻孩子。』

祈子輕笑出聲。

理應是石像的存在，在用石頭做成的兜帽底下微微揚起嘴角。

『是同類厭惡。』

「咦？」

『現在在妳面前的，是世上唯一的同族。妳的內心尚未習慣這個陌生的經驗。』

「……咦？……那、那個……」

『要不是因為我的身體變成這樣，就能脫下長袍給妳看了。』

「……妳……跟我……？」

鈴娜將雙眼睜到最大，抬起頭，連呼吸都忘了。

石造的女神像。

鈴娜茫然地仰望她，杵在原地。凱伊和貞德也看著鈴娜，一語不發。

『跟切除器官融合的拉蘇耶試圖推動世界輪迴的波動，我也有發現。也知道妳阻止了他。』

『我只不過是加快世界輪迴的侵蝕速度。』

『我叫你停手！你那個力量……我超討厭的！最討厭了！』

自己（凱伊）確實看見了。

那個瞬間——

世界輪迴加速，導致世界開始變色，鈴娜的金髮綻放出耀眼的光輝。從透明的髮絲產生無限的光。

那抹陽光色，儼然是世界座標之鑰。

『我在那個瞬間發現了。你們明白了吧，尤其是凱伊你。』

「世界座標之鑰嗎！」

他怎麼會沒想到呢。

凱伊遵照祈子阿絲菈索拉卡所言，低頭注視握緊在手中的亞龍爪。

一開始就有提示了。

……我能逃過世界輪迴，是因為有世界座標之鑰。

……但鈴娜單憑自己的力量就阻止了拉蘇耶。

鈴娜自己也不知道。

然而，真相是那麼單純且必然。

「鈴娜是天生就能抵抗世界輪迴的種族……！」

切除器官敵視鈴娜的原因就在於此。

從這個角度思考，也能解釋拉蘇耶的法術為何因鈴娜的力量而停止。

……據我所知只有那兩個。

……只有世界座標之鑰和鈴娜，能抵抗世界輪迴。

兩者的力量同質。

由此可以推測，製造世界座標之鑰的祈子阿絲菈索拉卡的力量＝鈴娜的力量。

「也就是說，妳的真實身分也是……」

『鈴娜，跟妳一樣。但我是於更古早的時候誕生的個體。』

穿長袍的女神像。
全身石化的這個人，跟鈴娜一樣是所有種族的混血種？
「……跟我一樣？」
『不用想那麼複雜。更重要的是，我想警告妳。』
「咦？」
『背上的翅膀藏不起來了對吧。妳消耗太多力量了。這是妳勉強自己，抵抗世界輪迴加速的副作用。』
鈴娜將蕾蓮的其中一件靈衣繫在腰間，藏住翅膀。
但同族看穿了。
看穿她目前藏不住翅膀。
『注意別在無法控制的狀態下，過度使用那股力量。』
「沒、沒事啦！別說了，不要在凱伊面前講這些！」
鈴娜不悅地大叫。
同族厭惡？
或者是內心的不安被看穿導致的動搖？
「我才不累呢！翅膀雖然有點不方便，我的力量又沒變弱！」
『…………』

「不要因為妳跟我一樣就——」

『會變成我這樣喔。』

無法反抗——

凱伊忍不住毛骨悚然，祈子阿絲菈索拉卡的語氣，蘊含不容反駁的力量，足以讓鈴娜嘴脣發青。

「……什麼意思？」

鈴娜聲音沙啞。

「我……會變成妳那樣，是什麼意思……」

『——』

「不、不要不說話，回答啊！我在問妳耶！」

『……沒什麼。是我太多管閒事。』

聲音逐漸遠去。

從女神像傳出的聲音迅速變小且沙啞。

『凱伊、貞德，別忘記。你們該趕往的地方是西方，該打倒的敵人是幻獸族。之後再尋找大始祖就行了。』

從女神像散發出的氣息再度消失。

1

「讓您久等了，貞德大人。」

修爾茲聯邦，東北部。

度過人稱溫蒂妮之淚的大河後——在國境迎接一行人的，是貞德麾下的烏爾札人類反旗軍的傭兵們。

上百名士兵列隊的模樣，用壯觀一詞形容都不為過。

「花琳！各位也平安無事嗎！」

「那是我要說的。真是……貞德大人消失後，不曉得我花了多少力氣激勵士兵……」

女護衛花琳——

連擔任貞德的左右手、身為烏爾札最強戰士的她，都感動得聲音沙啞，帶著一絲哭腔。

「……古雷戈里隊長，不好意思，勞你跑這一趟。」

「幸好我們都沒事，花琳閣下。辛苦妳在這座聯邦撐到了現在。」

留在西方（修爾茲）的傭兵，以及貞德新帶來的傭兵。

總共將近兩百名的士兵有了活力，凱伊認識的男女激動地跑過來。

「莎琪？阿修蘭也在。幸好你們沒——」

「凱伊！你太狡猾了，竟敢丟下我們！」

「對呀對呀！在咱們辛辛苦苦的期間跑回故鄉（烏爾札）？太狡猾了。人家也有點想家了說！」

「……我姑且解釋一下，我也不是自己想回故鄉（烏爾札）的。」

身材高挑、氣質輕浮的青年阿修蘭。

另一位是一頭橘髮令人印象深刻的少女莎琪。

兩人是貞德麾下的傭兵，不過在凱伊所知的正史世界，他們都是凱伊的同事。

「喔，鈴娜小妹。蕾蓮小妹看起來也很有精神嘛。」

阿修蘭輪流看了看站在凱伊旁邊的兩位少女。

「鈴娜小妹一樣很可愛，蕾蓮小妹也一樣小隻。」

「小隻是多餘的。嘿，別把手放在老身頭上。」

阿修蘭伸手摸她的頭，蕾蓮鼓起臉頰。

「再提醒汝一次，老身可是蠻神族。敢對老身無禮，小心老身的同胞會從東方聯邦派一

大群精靈攻打過來。」

「啊，糟糕，我都忘了。因為我最近完全把妳當人類對待。」

「不許忘！……再多提醒汝一件事，知道老身真實身分的，只有汝等二人和那位名為花琳的護衛。可別被其他傭兵知道。」

「好喔。交給我。」

「汝那輕浮的回應實在令人不安。」

蕾蓮雙臂環胸。

「不過老身也就算了，喂，貞德。坐在後面那輛車的那傢伙——」

「……我明白。」

被叫到的貞德吐出一口沉重的嘆息。

她環視聚集而來的部下，最後對護衛花琳使了個意味深長的眼色。

「貞德大人？」

「花琳，還有在場的烏爾札人類反旗軍的諸位。有件事必須通知大家。」

傭兵們神情一變。

透過靈光騎士貞德的表情及語氣，身經百戰的勇士們立刻察覺到，她即將宣布一件大事。

「……可是，我在車子裡也一直煩惱該怎麼說……」

貞德難得板著一張臉。

整合隊長古雷戈里亦然。

「希望各位能體諒。話先說在前頭，我沒有背叛各位，而是為了打倒首要敵人幻獸族，不得不出此下策。」

貞德板著臉說道。

「希望各位明白這是最後手段。想在八天內趕到這裡，需要走最短距離前往國境。為此需要『某人』的協力。」

「？」

眾多傭兵面露不解。

莎琪和阿修蘭也面面相覷，只有一個人驚訝地睜大眼睛。

烏爾札聯邦最強的傭兵，花琳——

大概只有她理解了那句話的意思。

「貞德大人。」

「……抱歉，花琳。我沒有其他選擇。」

「……不會。」

聲音沙啞的她，繃緊神情點頭。

「我感覺到了貞德大人的苦惱。因為我是您的護衛。您想說的是，各位是在惡魔的幫助下來到此地對吧。」

「什麼！」

一陣騷動。

整齊列隊的士兵同時騷動起來。

「安靜——凱伊。」

制止他們的不是其他人，正是花琳自己。

她對部下大聲一喝，銳利的視線落在凱伊身上。

「你之前答應過，不會讓貞德大人遇到危險。」

「……嗯。她跟過來的期間，我一直在監視她。而且她自己也說不會加害人類。」

出來吧。

凱伊向停在後方的軍用車招手示意。

「海茵瑪莉露。」

「…………嗯——這件衣服穿起來果然很不自在。」

副駕駛座的車門打開。

身穿烏爾札人類反旗軍戰鬥服的夢魔悠哉地咕噥著，走出車外。

——魔性的美少女。

藍髮透出淡淡的光輝，相貌稚氣尚存，卻帶有妖豔的氣息。用不著塗口紅，少女的朱脣

一樣光澤亮麗。

重點是她的胸部。

儘管是女性用戰鬥服，依然包不住夢魔過於豐滿的胸部，正中央的鈕釦沒扣，隆起的雙峰彷彿快要從縫隙間掉出來。

「裝成人類也不輕鬆呢。沒有更好穿的衣服嗎？」

「…………喂，凱伊。」

旁邊的阿修蘭小聲地說。

「……我知道講這種話很白目，不過那就是夢魔嗎？」

「嗯，跟過來的只有她一隻。」

「……說她長得超可愛會不會遭天譴？比人類反旗軍的女士兵可愛一百倍耶。」

「她就是那樣的惡魔。」

阿修蘭會錯愕很正常。因為排在他旁邊的傭兵們也神情恍惚，一臉被迷住的樣子。

夢魔會奪走人類的心與生氣。

寄宿於身上的美色蘊含某種類似麻藥的力量，不分男女都會成為俘虜。因此夢魔這種惡魔極度危險。

「……哦——」

夢魔姬瞥了傭兵們一眼。

抬起視線走向站在貞德旁邊的女護衛。

「妳不錯。妳的敵意、討厭我的感情傳達過來了。」

「惡魔，妳有什麼目的？」

「當然是幻獸族。那些野獸的領土非常廣大，值得搶過來。似乎有讓我親自出馬的價值。」

「妳一個人？」

「不然妳要我隨便獵幾隻幻獸族給妳嗎？開個數量？」

「…………」

花琳大概察覺到了夢魔姬全身散發出的瘴氣。

——滿溢而出的力量。

人類無法目視的濃烈法力。身經百戰的傭兵，光從這一點就推測得出這隻惡魔的強度。

「貞德大人。」

花琳一面和惡魔互瞪，一面呼喚指揮官的名字。

「容我失禮。我認為該讓這隻惡魔單獨行動。讓她穿著人類反旗軍的衣服帶她去西方（修爾茲）的人類反旗軍，太危險了。」

「……哎呀，講這種話。妳什麼意思？」

海茵瑪莉露眼中透出危險的氣息。

「我在這邊不會攻擊人類，妳卻想無視我？被人討厭得這麼明顯，實在不愉快。」

「貞德大人——」

花琳承受住惡魔的視線，表情僵硬如鋼鐵。

「現在，傭兵王阿凱因停留在西方(修爾茲)的本部。」

「……他也沒事啊。」

阿凱因・希德・柯拉特拉爾——

取代先知希德，這個別史世界的希德。

「貞德大人不在的時候，我以烏爾札人類反旗軍代表代理的身分，跟那個人談過。那男人的最終目的是『殲滅其他種族』。」

當著惡魔族(海茵瑪莉露)的面——

當著蠻神族(蕾蓮)的面——

當著混血種(鈴娜)的面——

貞德的護衛如此斷言。

「究極的人類至上主義。或者可以說是更誇張的『人類神格化』都不為過。他打算殲滅全世界的異族。」

凱伊也還記憶猶新。

只見過一面的那名男子，剛見面就這麼宣言。

『我要殲滅這個世界除了人類以外的所有種族。』

傭兵王阿凱因以從容不迫的態度及信心十足的語氣宣言。

在那之後，還過不到十天。

「他肯定會看穿這隻惡魔的偽裝。」

外表是與人類無異的美少女。

但事實並不是。

夢魔姬全身散發出的微量瘴氣自不用說，重點在於她嘴角掛著的冷笑不屬於人類。

「當阿凱因看穿真面目的瞬間，無論當下身在何處，他想必會直接拔槍，毫不關心原因。」

「啊？那又如何？妳覺得夢魔姬（我）會就這樣被打倒？」

「就是因為不會才有問題。」

「？」

「若妳和阿凱因就此開戰，頭痛的是我們。妳如果願意乖乖被打倒，倒還可以避免造成二次傷害。」

「……喔，這樣呀。妳還真敢說。」

海茵瑪莉露立刻面露不悅。

隱約從嘴角露出的利牙，令傭兵們臉色發青，花琳卻沒有反應。

「沒辦法，凱伊。」

「嗯？」

「你去告訴人類（這些傢伙）我有多恐怖。」

「我嗎？……嗯，也對。恐怖什麼的暫且不提，這次由我說明或許比較適合。」

冷靜一想——

的確，貞德身為指揮官，不太好跟部下說明。只能由沒加入人類反旗軍的自己（凱伊）接下這個任務。

「花琳，妳聽我說。這件事確實需要解釋。」

「說來聽聽。」

「妳身為貞德的護衛，提出的意見非常中肯。可是夢魔姬（海茵瑪莉露）肯定會是跟幻獸族戰鬥時的王牌。」

王牌——

也就是比人類反旗軍的士兵更可靠的戰力。這句話絕對不能從貞德口中說出來。

「妳回想一下跟拉蘇耶交戰時的情況。在場所有人都看見了，人類的子彈對那傢伙沒用。」

他對著花琳。

以及後面的傭兵，用能清楚傳達的音量說道。

「不過最上級惡魔的法術，不可能傷不到他。冷靜分析過後，會發現我們需要更多能對抗幻獸族的戰力，就算只多一個也好……希望妳諒解。為了減少人類（我們）方的犧牲，貞德不得不出此下策。」

傭兵們陷入沉默。

心底無論如何都不想求助於可恨的惡魔。但考慮到今後的戰鬥，海茵瑪莉露是不可或缺的。

「所以花琳，我想在這個前提下徵求妳的意見。」

「真是奢侈的問題。讓這名惡魔同行，又能不觸怒部下的手段……」

沙啞的聲音響起。

貞德的女護衛微微瞇起眼睛。

「那麼，我想到一個妥協方案。俗話說以毒攻毒。」

貞德的護衛一面和夢魔姬互瞪，一面回答。

「靠聖靈族牽制惡魔族。這樣如何？」

2

修爾茲聯邦，東部。

無主地「鈴蘭的大草原」——

名為鈴蘭的白花擁有「君影草」、「山谷百合」等夢幻的別名，這種花卻帶有劇毒。

攝入體內會威脅人類的性命，量多的話聽說連幻獸族都毒得死。

——因此幻獸族不會出現在這裡。

人類特區「拉・伊夏」。

位於鈴蘭群生地的「移動城市」。

建築物統統是可分解的組合式。像遊牧民族一樣在草原上移動，藉此從包含幻獸族在內的外敵手下逃離。

某棟組合式住宅內。

在悠倫人類反旗軍指揮官巴爾蒙克的注視下，有隻聖靈族若無其事地準備喝光鈴蘭的萃取液。

「喂，妳認真的嗎……」

『沒問題。鏡光不會輸給鈴蘭的毒。』

綠色液體倒滿杯子。

將無數盛開的鈴蘭的葉與莖磨碎，萃取出來的液體。濃縮了大量鈴蘭毒素的猛毒飲料。

透明的深藍少女大口將它喝下。

『咕嘟，咕嘟。』

「喂、喂！」

『……好苦。』

聖靈族少女將空杯放到桌上，眉頭緊皺。

聖靈族英雄「靈元首」六元鏡光。

有段時期只有巴爾蒙克的手掌大，現在則因為細胞再生的關係，恢復成人類少女的大小。

「最好馬上吐出來吧……？」

『珍貴的水分。是你說在人類的住處水很珍貴的。所以鏡光才透過植物攝取水分，以此替代。』

「這、這樣啊……」

『昨天晚上，鏡光從倉庫拿瓶裝水的時候也被罵了。』

「當然會被罵！而且妳還貼心地連倉庫的鎖都弄壞！」

『人類好容易生氣。性急沒好處。』

「小偷哪有資格講這種話。真是……」

巴爾蒙克深深嘆息，坐到椅子上，把椅子壓得吱嘎作響。

對面是坐在床上的六元鏡光。喝光帶有猛毒的鈴蘭萃取液，仍然跟沒事一樣，不愧是黏稠生物。

「……妳不會吃壞肚子吧。」

『擔心？』

深藍少女坐在床邊，朝巴爾蒙克歪過頭。

抬頭看著他的臉。

『人類？擔心鏡光？』

「說、說什麼蠢話！」

獅子王「喀噠！」一聲從椅子上站起來。

「誰會擔心妳啊！再說我們可是敵人。只有現在是為了那個……打倒幻獸族才聯手……」

『那你為何要關心鏡光？』

「……只是在確認現狀。萬一妳吃壞肚子礙手礙腳，頭痛的是我。」

『是嗎？』

聖靈族英雄目不轉睛地注視他，視線足以讓被盯著看的巴爾蒙克感到不自在。
「妳那別有深意的眼神是怎樣？」
『鏡光難以理解人類的心情。人類會說對自己有利的謊。不老實。』
「……什麼意思？」
『沒什麼——』
「我怎麼有種被嘲諷的感覺……唔？」
組合式的小屋，大門被人敲響。
不過真奇怪。若是他的部下，照理說會在敲門的同時報上姓名。
「是誰？這個村子的居民嗎？」
『啊，等等，人類。』
巴爾蒙克注意力都集中在門上，所以沒有發現。
坐在床上的六元鏡光站了起來，想抓住巴爾蒙克的手阻止他。
『對面有股奇怪的味道。這是……啊，喂！』
他打開門。
陌生的少女站在門外。
「是我。到底怎麼了？」
「——哦。你就是這裡的人類指揮官呀。」

絕世美少女。

散發出異常氛圍的少女笑出聲來。

烏爾札人類反旗軍的衣服？也就是說這名少女應該也是傭兵，但領口大大敞開，露出乳溝的模樣，讓他覺得不太對勁。

這人究竟是誰？

「你充滿生氣，感覺挺對我胃口的。反正凱伊還沒來，乾脆來點惡作劇好了。用來打發時間的小～小的惡作劇。」

「妳有什麼事——嗚……！」

少女碰觸他的手。

頭部被鈍器毆打的暈眩感瞬間襲來，巴爾蒙克當場跪在地上。

「唔…………小、小ㄚ頭…………？」

「哎呀？你還有意識，挺厲害的嘛。中了我的幻惑法術竟然還撐得住，我愈來愈想玩弄你了。」

她依然握著他的手。

巴爾蒙克卻全身無力，無法掙脫。

「放心，很快就會變舒服了。把身心都交給我——」

『別碰他。』

這一刻——

深藍色的黏液塊，裹住巴爾蒙克的全身。

『消失吧，惡魔。』

小屋的屋頂被轟成碎屑。

勉強維持住意識的巴爾蒙克，看見碎成上千塊的屋頂，以及轟飛屋頂的六元鏡光的拳頭。

沒感覺到衝擊——

因為六元鏡光的肉體彷彿要抱緊他，將他包覆住，代替他吸收轟飛小屋的衝擊。

「啊哈哈，好驚人的威力。什麼嘛，聽說聖靈族的英雄處於瀕死狀態，明明恢復了。我差點被妳的拳頭打扁。」

從屋頂飛出去的黑髮少女翩翩降落，彷彿什麼事都沒發生。

背上有對蝙蝠般的漆黑翅膀。

『夢魔？』

「叫我夢魔姬。我是凡妮沙姊姊大人的直屬部下。現在是她的代理人就是了。」

『不重要。鏡光先告訴妳。』

黏稠生物瞪著夢魔。

如果巴爾蒙克意識清晰，八成會發現聲音中蘊含跟這隻時常平靜的生物不合適的明確怒意。

『這個人類是屬於鏡光的。不准搶走。』

「哎呀？區區聖靈族，挺會說笑話的嘛。」

惡魔的臉頰上有道割傷。

海茵瑪莉露的手指一碰到，傷口就迅速癒合。

「妳的意思是妳把人類當成奴隸？我從來沒聽說聖靈族有那種興趣。」

『管理對象。』

六元鏡光解放用自己的身體裹住的巴爾蒙克，單手抱住他。

『這名人類是鏡光的東西。這隻笨到極點的生物，需要由鏡光當成寵物管理才活得下去。所以，不給妳。』

黏稠生物少女阻擋在前方。

『想搶走他的話，鏡光會消滅妳。連靈魂都融解掉，就算是惡魔也無法轉生。』

「妳知道惡魔會轉生呀，懂得真多。讓我測試一下妳有沒有那個能耐……我是很想這麼說，可惜只能改天了。」

漆黑之翼消失。

從海茵瑪莉露的全身散發出的瘴氣迅速消散。

「海茵瑪莉露，剛才的爆炸是！…………咦？」

門再度開啟。

喘著氣衝進來的，是對六元鏡光而言記憶猶新的人類。

『凱伊？噢，對了，你還活著。』

「那還用說。不過……呃……我有很多事想問。」

凱伊難得皺眉。

人類少年指向六元鏡光緊緊抱住，不肯放開的巴爾蒙克。

「為什麼……那個，妳用力抱著人類的指揮官？」

『————！不、不是……！』

她猛然放手。

由於力道太重，當事人巴爾蒙克的後腦杓直接撞上地板，六元鏡光卻毫不在意。

『誤會。鏡光沒有他意。那個……鏡光不是在擔心這名人類……只是在確認現狀。』

「呃，我沒問那麼多。」

『……鏡光對這種愚蠢的生物沒有興趣。』

「妳幹嘛看旁邊？」

凱伊在語速莫名其妙變快的六元鏡光面前，轉頭望向惡魔。

「怎麼了，海茵瑪莉露，妳幹了什麼好事嗎？」

「呵呵呵。真遺憾，凱伊，你再早來一點就能看到有趣的畫面。」

「什麼東西？」

驚慌失措的聖靈族，以及心情異常愉快的惡魔族。

凱伊被夾在其中，一頭霧水。

3

「就——說——了，只是打個招呼嘛。又不是真的想攻擊你。」

「……下次再敢這麼做，就直接處刑。」

夢魔姬盤腿坐在地上。

巴爾蒙克則用自己的雙腳穩穩站著，以驚人的體力迅速從幻惑法術的影響下逐漸恢復。

「還有凱伊，給我在這麼危險的傢伙身上繫好韁繩。」

「……不好意思。」

凱伊在坐在地上的海茵瑪莉露旁邊乖乖道歉。

「喂，海茵瑪莉露。」

「就——說——了，只是開個玩笑嘛。我一直被關在車上，想出來散散步。」

「就是因為妳不會只在外面散步才有問題。」

……這隻惡魔真的絲毫不容大意。

……我只是一個不注意，就給我亂來。

凱伊覺得自己儼然是調教獅子的馴獸師。

居民們歡迎抵達這個地區的凱伊一行人時，海茵瑪莉露轉眼間就找到指揮官（巴爾蒙克）的所在地。

「雖然我被這傢伙也在嚇了一跳——」

巴爾蒙克謹慎地瞪著夢魔姬，清了下喉嚨。

「貞德閣下，無論如何，你沒事就好。」

「感謝您在我不在的時候代替我鼓舞部下，巴爾蒙克閣下。」

「那是花琳閣下的功勞。我什麼都沒做。」

『同意。這個人類什麼都沒做。』

聖靈族英雄慢慢從床上坐起身。

『反而是鏡光很努力。要誇獎的話，應該誇獎鏡光。』

「妳一直都在睡午覺吧。」

『鏡光儲存了養分。』

黏稠生物若無其事地承受巴爾蒙克的瞪視。凱伊離開了這個地方幾天。這段期間，六元鏡光已經成長到跟蕾蓮同樣的身高。

問題在於，這麼大會被傭兵發現。

……六元鏡光跟拉蘇耶戰鬥時，被人類反旗軍看到了。

……他應該是用「聖靈族擅自跟過來」這個說法安撫部下吧。

這裡是人類的房間。

占領床鋪的六元鏡光卻光明正大賴著不走，彷彿把它當成自己的所有物。

「是說，房間裡總共有八個人——不，八隻生物嗎？細枝末節先不管了。沒想到我能看見這樣的畫面。」

巴爾蒙克環視房間。

徹頭徹尾的人類，有烏爾札人類反旗軍的指揮官貞德、花琳及凱伊。

再加上巒神族（蕾蓮）、惡魔族（海茵瑪莉露）、聖靈族（六元鏡光）。

雖然鈴娜的真實身分沒有公開，但她連五種族都不是。

「想制住這些傢伙太費力，所以你才會來找我商量。這隻惡魔確實需要戴上項圈。」

「喂——？我才不需要項圈這種束縛人的東西。」

「我的意思是要有人監視妳。」

夢魔姬坐在六元鏡光所在的床邊。

應該是故意的。

堂堂正正待在聖靈族旁邊，看起來像在默默挑釁「惡魔不害怕聖靈族」。

凱伊卻因為惡魔（海茵瑪莉露）和聖靈族（六元鏡光）隨時有可能大打出手而心神不寧。

「我想您也明白，巴爾蒙克指揮官。」

貞德身旁的花琳開口。

「帶著這麼多異族的大人物，部下們肯定會心生動搖。因此我想讓這邊的夢魔和黏稠生物待在一起，互相監視，直到與幻獸族決戰。」

「…………」

獅子王沉默。

「花琳閣下，我就直接問了。妳擔心的是這些傢伙被傭兵王（阿凱因）看到對吧？」

「是的。」

「……以傭兵來說，那傢伙相當可靠。那些怪物——幻獸族和那個機鋼種襲擊修爾茲人類反旗軍本部時，要是沒有那傢伙的力量，肯定防不住……同時——該說是強大的另一面吧——那傢伙的自尊心之高也讓人沒轍。」

「那邊那個人類，可以不要講我聽不懂的話嗎？」

插嘴的是夢魔姬。

凱伊他們跟傭兵王阿凱因已經見過面，只有這隻惡魔不認識「這個世界的希德」。

「那個叫阿凱因的人類到底是誰？不如說，為了區區一個人類要我躲躲藏藏，讓我很不愉快。」

『——這些人類和名為阿凱因的男人，目的不同。』

深藍色身體的少女，指向坐在同一張床上的惡魔。

『惡魔和人類處於休戰狀態，企圖打倒幻獸族。』

「對呀。所以呢？」

『蠻神族也一樣。』

接著指向精靈巫女蕾蓮。

『東方聯邦的人類和蠻神族也休戰了。原因在於主天艾弗雷亞消失。你們要爭取向幻獸族復仇的時間。』

「……沒錯。」

『聖靈族也一樣。鏡光向人類提議打倒幻獸族。』

「嗯。向我。」

巴爾蒙克點頭。

六元鏡光卻對此毫無反應。

『所以鏡光這麼認為。』

「喂，妳無視我啊！」

『大多數的人類不打算贏得五種族大戰。因為他們的目的是「人類這個種族的生

存」。身為最弱的種族，人類只要先想辦法休戰就行。他們想確保自己生存無虞。』

她的語氣沒有要徵求人回應的意思。

因為她確信，凱伊和貞德都不會反駁。

『可是就鏡光聽來，傭兵王（那傢伙）不一樣。』

「所以是哪裡不一樣？」

『目的及手段，跟其他人類相反。』

這個世界的賢者——

拉蘇耶如此稱之的最古老的黏稠生物接著說。

『目的不是保護人類，而是殲滅四種族，拿解放人類當正當名義作為手段。』

他不可能為了打倒幻獸族，跟其他種族暫時聯手。

因此花琳才阻止海茵瑪莉露。萬一傭兵王看見夢魔姬，肯定會爆發戰爭。

如此一來，哪還有心思跟幻獸族交戰。

「哦？他大概和其他種族有仇吧。不過，因為這樣就要我乖乖被隔離？叫我跟這個聖靈族待在一起，還加上蠻神族？」

「別太快下結論。」

夢魔姬語帶挑釁，獅子王對她投以銳利的目光。

「惡魔啊，妳既然這麼無聊，我可以提供妳喜歡的戰場。」

「哎呀？」

「但在那之前，有件事要向貞德閣下報告。跟剛才提到的事也有關係。」

獅子王拿起攤開在桌上的地圖。

「早上，傭兵王（阿凱因）前去拉蘇耶的巢穴調查。花琳閣下，這是在你們出發前去迎接貞德閣下後，過沒多久的事。」

「……什麼？」

花琳疑惑地皺眉。

在後面聽著的貞德表情也差不多。

「巴爾蒙克閣下，這跟我們當初說好的不一樣。應該要先等待貞德大人抵達，會合後再重新組成北（烏爾札）、南（悠倫）、西（修爾茲）的三方聯軍才對。」

「對，不過這是那傢伙的壞習慣。有時他會像接收到看不見的神明的神諭一樣，改變行事方針。誰都無法預測。」

神諭──

巴爾蒙克所說的這個詞應該是巧合，凱伊和貞德卻默默看了對方一眼。

『現在的人類（我們）處境艱困。光要抵抗其他種族就竭盡全力了，我想不到半個有辦法勝過他們的要素。』

『預言神就是為此而存在的。你以為只有一個嗎？』

傭兵王阿凱因說「有」。

殲滅異族的方法。預言神就是為此而存在。

再加上巴爾蒙克所說的，彷彿接收到神諭般會突然行動的奇特行動原理。

……跟隨傭兵王的預言神？

……那個希德是聽從預言神的指示而行動嗎……！

「那傢伙一消失就聯絡不上，不過這次有明確的目的地。」

修爾茲聯邦地圖上的一點——

獅子王指著聯邦西北部。

「這裡。舊王都拉克賈爾·夏成了幻獸族的巢穴。米恩指揮官說這裡是最危險的地區，連專門的研究員都不敢靠近。即使是阿凱因的傭兵部隊，單獨接近同樣極度危險。所以……」

「要追上去？」

「我和部下是有這個打算。但還有一個地方必須盡快前去救援。這裡，鐵屑之都(亞基特)。」

聯邦東部——

凱伊他們也去過的位在山間的人類特區。

「這裡同樣遭到幻獸族的襲擊。城市被占據，也有人來不及逃跑。本來的計畫是要去這裡救援，不過以目前的狀況，可以將戰力分成三隊。」

他用筆在地圖上圈出三個地方。

西部——舊王都拉克賈爾・夏「幻獸族的巢穴」。

東部——鐵屑之都亞基特「被機鋼種襲擊的人類特區」。

南部——庫連馬德魯電波塔「修爾茲人類反旗軍本部」。

「這座電波塔由西方(修爾茲)的米恩指揮官防衛。因此剩下兩個地區由北方(烏爾札)及南方(悠倫)聯合軍負責。問題在於要如何分配戰力。」

「不錯呀。」

惡魔的指尖撫上地圖。

夢魔姬以快要趴到桌上的姿勢，彎腰看著圈起來的鐵屑之都亞基特。凝視那塊地區的眼神寒冷如冰。

「現在比起幻獸族，我更不爽這傢伙，所以我同意。把這邊的機鋼種殲滅就行了吧？」

「沒錯。那麼貞德閣下，你的人類反旗軍就負責這座城市吧。」

「不需要。」

「……什麼？」

「礙事。有人類在反而會干擾我。不是嗎？」

海茵瑪莉露轉過頭。

看著北方（烏爾札）的指揮官貞德微笑，露出利牙。

「我認真起來會不分敵我。妳不會希望自己的部下被波及吧。」

「這還用說。」

「那就給我乖乖躲好。反正人類的武器對機鋼種無效。因為那些傢伙的皮膚比子彈還硬。」

用詞雖然尖酸刻薄，夢魔姬的主張卻是合理的。英雄級惡魔要出手，人類參戰可以說極度危險。

……反過來說。

……海茵瑪莉露承認牠們是非得拿出實力才能對付的敵人。

乍看之下一臉輕浮，可是實際上，夢魔姬恐怕已經在慎重擬定戰術。

「人類（你們）去幻獸族的巢穴就好。這邊的礦山？由我把機鋼種轟得不留一絲痕跡。」

「就叫妳別急了。我剛才說過，有人來不及逃出。」

「……啊。對喔。」

「妳要大鬧一場是可以，不過要以救出居民為優先……像妳這種夢魔辦得到嗎？」

「如果可以誘惑他們我就救。」

「不行！」

巴爾蒙克用力拍桌。

「果然不能交給妳一個人。需要有人類同行，擔任救援隊。」

「你真的學不乖耶。哪有人會想跟我同————」

夢魔姬環視屋內。

視線停在自己（凱伊）面前。

等他發現時，貞德和花琳也看著這邊，用力點頭，彷彿要傳達給他什麼訊息。

「……該不會……」

「噢，剛好。我想近距離見識一下你的力量。要一起來嗎？」

惡魔少女順勢湊過來。

自然無比地勾住他的手臂，想跟他貼在一起，凱伊向後退去，她還是笑咪咪地接近。

「就這麼辦，我們兩個一起去吧。一定會是愉快的旅行。」

「——不行不行，絕對不行！」

「老身絕不允許！」

鈴娜及蕾蓮擋在前面，分別抓住夢魔姬的左右手不放。

「啊，喂，妳們兩個！」

「凱伊是我的！才不會給妳！」

「老、老身是不介意……不過，總之就是不行。一切都順著汝的意，令人不快！」

『……啊啊夠了，吵死了！』

三名少女的聲音於屋內迴盪。

在床上打瞌睡的六元鏡光睡眼惺忪地坐起身。

『那由鏡光決定。凱伊跟妳們去，剩下的人一起去幻獸族的巢穴。解決。』

「不，那樣我會很心累……」

『不行嗎？』

「不如說我沒自信。鈴娜和蕾蓮暫且不論，連惡魔(這傢伙)都要一個人照顧，太累了。」

三人的種族及目的都不同。

她們何時會開始吵架？凱伊也沒信心控制得住。

「而且目的是救出居民吧？單純的戰鬥也就算了，救出居民應該需要縝密的作戰計畫……」

『這種時候就該糖果和鞭子兼施。準備獎品就行。』

六元鏡光依序指向站在屋內的三名少女。

鈴娜、蕾蓮，以及海茵瑪莉露。

『這是比賽。在妳們之中最聽凱伊話的人，可以自由處置凱伊一晚。凱伊不會抵抗。』

「咦！」

三名少女頓時睜大眼睛。

「不錯的獎勵。我接受。」

「跟凱伊做什麼都行嗎？那我會超聽話的！」

「唔……汝祭出這個條件，老身也不得不同意了。」

「等一下！」

凱伊試圖插嘴時，最重要的三位當事人已經一臉心服口服的模樣。

後面的貞德和花琳也徹底放鬆下來。

「看來決定好了。我們走吧，貞德大人。」

「是、是啊，花琳……凱伊，注意別跟異族有不潔行為。」

「花琳！喂，怎麼連貞德都這樣！什麼意思啊！」

烏爾札的指揮官不知為何紅著臉離去。

被拋下的凱伊，最先做的是抱頭呻吟。

1

修爾茲聯邦中央地區。

世界最大的淡水湖「歐泊湖」。

面積大到用望遠鏡都看不見水平線盡頭，連天亮時湖水都是詭異的濁綠色，因此從古至今都被人視為可怕的魔海。

這座湖裡棲息著怪物。

幻獸族克拉肯——

擁有上百根觸手，形似巨大水母的這隻怪物，體型大到會有船將牠浮在水面的模樣誤認成島嶼，試圖上岸。

在水裡是無敵的存在，連其他幻獸族都不會接近克拉肯。

「出現了，是那隻怪物！」

「全速前進，趕快開到岸邊！」

又出現新的一隻。

巨大的影子朝著試圖穿越湖泊的帆船浮起。

「好快！」

「不行，會被追上……！」

帆船乘風逃跑。

那艘船已經被克拉肯抓住。從水面射出的觸手抓住船帆，將其折斷，數十隻觸手纏住船身。

船身被壓得吱嘎作響。

面對怪物的力量，船身撐不到幾秒。帆船彷彿爆炸般碎成粉末，留下大量人類的悲鳴。

——幻獸族（拉蘇耶）英雄的命令是「不准讓任何人侵入這片水域」。

達成使命的怪物，逐漸沉入灰暗的水底。

不。在牠正準備下沉時。

「——想逃到哪裡？」

異常。

克拉肯沒有下沉，反而緩緩上浮，半透明的巨大身軀升向空中。

重達數十噸的怪物，被目不可視的力量釣起來。

『！』

「船是用來引出你的誘餌。人類的聲音太大，你不覺得奇怪嗎？我只是把錄好的聲音用大音量播出來而已。」

船是假的。

裝成人類的稻草人，以及持續播放預先錄好的聲音的擴音器。船上還設置了另一個對克拉肯而言足以致命的陷阱。

「命運龍（密斯加謝洛）的刻印。你捏碎船的時候碰到了刻印。因此——」

說話的是穿長袍的人類少女。

少女赤腳站在水面上。

「我的聖痕會發動。」

鮮豔多彩的玻璃牢籠——

能用這個詞譬喻的光之柵欄，包圍住了克拉肯。

海之怪物有如被關進籠子中的野獸，拚命掙扎，光之牢籠卻無視牠的抵抗縮小，發出清脆的「啪！」一聲破裂。

消滅。

短短數十秒間發生的事，讓最強水棲生物之一的怪物從湖裡消失。

「封印完畢。真輕鬆。」

風吹動少女的瀏海。

可愛的面容與新月色的眼眸映在湖面上，少女再度於水上邁步而出。

光的跫音——

人類無法在湖面步行。將其化為可能的神祕力量，是浮現在少女額頭上的光痣。

——「聖痕」。

被預言神選上之人的證明。璀璨的法力覆蓋住少女的全身，實現了讓她能在湖上行走的奇蹟。

「封印幻獸族真簡單。跟惡魔和天使不同，戒心低，碰到刻印竟然也沒發現。」

『想將幻獸族全數封印，需要世界座標之鑰的力量。』

水面漾起漣漪。

小小的波紋浮現，聚集在少女腳下，描繪出一個形狀。

變成一顆龍頭。

足以跟幻獸族克拉肯匹敵的巨大龍影——若其他人看見，肯定會連這影子都以為是幻獸族，畏懼不已。

『特蕾莎啊，面對碰到我的刻印的人，妳的聖痕會發揮無敵的力量。』

「我知道。」

人類兵器特蕾莎．希德．菲克——

這個世界的希德，凝視著水平線的對岸。

「命運龍密斯加謝洛，你說你擁有『封印』的力量。預言神的力量。啟動墳墓的力量。」

『正是。』

「不能創造世界座標之鑰嗎？」

『…………』

龍影陷入沉默。

萬籟俱寂的水面升起霧氣。

『世界座標之鑰，是唯有祈子阿絲菈索拉卡方能創造的劍。不在掌管「墳墓」的我的能力範圍內。』

「是嗎？」

特蕾莎點頭，緩緩仰望天空。

「沒有世界座標之鑰的力量，很難終結五種族大戰？」

『那把劍是必須的。』

「好。話說回來，直走就行了？」

『沒錯。』

預言神，命運龍密斯加謝洛。

人類兵器特蕾莎・希德・菲克在其預言的引導下，往西方前進。

『牙皇（拉蘇耶）就在前方。』

2

同一時間——

修爾茲聯邦，舊王都拉克賈爾・夏的草原。

面向幻獸族巢穴的綠色大海原，是這座聯邦唯一一塊幻獸族會成群徘徊的地盤。

人類反旗軍的調查隊伍都不敢隨便踏進的最危險地帶。

然而——

「真意外。」

手持衝鋒槍的那名男子，隻身任憑草原之風吹拂。

五官深邃，眉目銳利。聲音帶有王者般的威嚴，蘊含其中的氣勢足以讓他人屈服。

「離幻獸族巢穴不到一千公尺的最危險地帶，本以為會有數量驚人的野獸湧上。」

他並不是藏身於此。

那名男子——傭兵王阿凱因・希德・柯拉特拉爾威風凜凜地立於此處，宛如這塊土地的絕對君主。

「……結果只有跟群體走散的嗎？看來你教得不夠好啊，牙皇（拉蘇耶）。」

他沒有回頭看背後的野獸。

幻獸族卡特布雷帕斯倒在地上，持續抽搐。

四處散播連防毒面具都擋不住的猛毒氣息，接連蹂躪西方都市（修爾茲）的災厄之獸，連噴出毒素的時間都沒有就倒下了。

『阿凱因，這個時代的「希德」啊。虧你有辦法如此熟練地使用我「威光」的實體。』

具有威嚴的老者聲音憑空響起。

狂風吹動青草，在綠色的大海原上描繪風紋。浮現於阿凱因腳下的，是一顆巨大的頭部。

如同古代石像的莊嚴的老者頭部。

『千萬別放開那把槍。那是預言神（我）給予人類（你）的「神祕」。』

「我知道。」

衝鋒槍冒出硝煙。

前端亮著絕對無法在人類的機械兵器上看見的法術光芒。

「光帝伊夫啊，憑這東西就能除掉牙皇（拉蘇耶）？」

『有你的力量就行。』

信心十足的聲音接著說道。

『不過，得要加快腳步了。』

「在那傢伙（拉蘇耶）發現前？」

『另一位希德正在接近。』

「……人類兵器（特蕾莎）。命運龍（密斯加謝洛）的跑腿嗎？」

阿凱因挑起一邊的眉毛。

遭到巨獸卡特布雷帕斯襲擊時依然紋風不動的銳利眉目，如今因不悅而扭曲，任誰都看得出來。

『從東方。她正準備度過深湖。』

「歐泊湖嗎？聽說守護獸克拉肯棲息在那座湖裡。」

『已經排除了。沒什麼好驚訝的。那名人類跟你一樣，是被預言神選上的希德。』

「…………」

『別擔心。這個世界的希德是你，阿凱因。』

「擔心？不對，光帝伊夫，我在想的是第三個預言神。」

以傭兵王的稱號為人所知的希德直指北方。

北方聯邦——

「祈子阿絲菈索拉卡。那傢伙的力量是真的嗎？」

『對。在我們三柱之中，只有祈子(阿絲菈索拉卡)有辦法做出世界座標之鑰。只有那把劍能與世界輪迴對抗。』

「…………」

『她是異端。在預言神之中，屬於跟我和命運龍(密斯加謝洛)不同的存在。你會在意嗎？』

「我很期待遇到她。不曉得她到底是怎樣的怪物。」

傭兵王的嘴脣勾起冷笑。

「繼續追蹤。光帝伊夫，牙皇(拉蘇耶)的巢穴就在前方對吧？」

『沒錯。』

「拉蘇耶，今天你註定命喪於此。」

預言神，光帝伊夫。

傭兵王阿凱因・希德・柯拉特拉爾在其預言的引導下，往西方前進。

3

烏爾札聯邦，國境附近。

作為未解析神造遺跡聳立於此的遺跡內部，空無一物。

這裡是封閉的石宮。

光照不進來，風也吹不進去。唯有時間確實地在緩慢流逝，然而在這處封閉的空間中，也無法計算時間。

不曉得過了多久。

不曉得迎接了幾千幾萬個日夜

預言神的其中一柱——祈子阿絲菈索拉卡，某天決定不再計算時間。她自己也不知道那是幾十年前的事。

『這段時間太漫長了，足以將我的心消磨殆盡。』

與牆壁同化的臺座——

聲音自穿套頭長袍的人類女性石像傳出。

『……快結束了。五種族大戰落下帷幕，身為預言神的我的意義，和世界座標之鑰的任務也馬上就要結束。』

沒錯。

五種族大戰的結局，已經可說確定下來了。無論今後發生何種意外，未來都不會改變。

與祈子阿絲菈索拉卡的意思無關。

『可是……為何我會不小心說出那種話……』

『鈴娜，跟妳一樣。但我是於更古早的時候誕生的個體。』

『注意別在無法控制的狀態下，過度使用那股力量。』

她沒有騙人。

但那是無須告知鈴娜的真相。

連其他預言神都不知道。照理說，這是可以一直藏在祈子阿絲菈索拉卡心中的祕密。然而——

『凱伊。』

這句話帶有的感情，是感嘆。

『你不該拿到世界座標之鑰……你的存在會害我變得異常。連沒必要講的祕密都忍不住說出口。』

親近感？

不對。本質是憎恨。對於讓鈴娜和自己相遇的人類抱持的憤怒，導致祈子阿絲菈索拉卡透漏了太多真相。

『……罷了。事情已經過去。』

慈悲為懷的女神聲音，於石造聖堂內迴盪。

『世界座標之鑰也很快就要完成任務。五種族大戰要結束了，凱伊。』

預言神，祈子阿絲菈索拉卡。

此處沒有要給予預言的人。這是「她」為了忍受數百年的孤獨所說的獨白。

World.5

Chapter:

惡魔甦醒

Phy Sew lu, ele tis Es feo r-delis uc l.

1

鈴蘭的大群生地——

移動人類特區「拉．伊夏」的組合式據點內。

「米恩閣下嗎？是我。」

『巴爾蒙克閣下！那、那個……貞德閣下呢……？』

「我們會合了。」

『真的嗎！』

稚氣尚存的少女聲音，透過通訊機傳遍四周。

率領西方（修爾茲）人類反旗軍的指揮官米恩斯特朗姆．休爾汀．畢斯凱緹。

年僅十四，卻跟優秀的輔佐官們共同支撐著人類反旗軍。

『那、那真是再好不過的消息。北方（烏爾札）的各位也很高興吧。』

「嗯。還有一件事要報告。我們正在重組北方（烏爾札）跟南方（悠倫）的聯合軍，預計全軍一起去追傭兵王（阿凱因）。」

『！果、果然做了這個決定嗎……』

「說幻獸族的巢穴危險至極的可是妳啊。事實上，我們也被成群的幻獸族襲擊過，深刻感受到其威脅性。就算是阿凱因，單獨行動還是有危險吧。」

『……您、您說的沒錯。』

「想請妳死守電波塔。我們接近巢穴可能會激怒那些傢伙，導致牠們發動攻擊。可以請妳守住防線嗎？」

『那、那當然！我也會努力！』

經過數秒的沉默。

通訊機另一端傳來少女錯愕的尖叫。

『啊啊啊！不、不可以，巴爾蒙克閣下。我、我都忘了……鐵屑之都（亞基特）的礦山出現大量的鋼鐵怪物，得先處理牠們才行！』

「已經安排好了。」

『……咦？』

「貞德閣下從北方（烏爾札）帶來足夠的戰力。救援來不及逃出鐵屑之都（亞基特）的居民的作戰，會同時進行。」

『什、什麼！』

「我要報告的就這些……嗯，彼此都平安無事。很快就會再見吧。」

通訊中斷。

巴爾蒙克目送兩位部下抱著大型通訊機離開房間，呼喚坐在房間角落的另一位指揮官。

「貞德閣下，你也聽見了。」

「…………」

「喂，貞德閣下。沒事吧？你醒著嗎？」

「……勉強醒著。不過……不能說沒事……」

貞德坐在沙發上，身體倒向前方，盯著地板一動也不動。

她動不了。

咬緊牙關，拚命忍受全身的「不適感」。現在是在巴爾蒙克面前，所以她表現得很堅強，若是獨處狀態，她八成會忍不住呻吟。

「果然是那個惡魔的詛咒嗎！」

「對……該死的惡魔……把我害慘了……」

貞德想起已經離開的惡魔的面容，握緊拳頭。

『我幫妳施個祕藏的法術。』
『到哪都能跟我連接在一起的咒術。』

前去迎擊機鋼種的凱伊。
前去調查幻獸族的貞德。
有個法術能讓距離數百公里的兩人隨時掌握對方的狀況。
——夢魔的咒術「伏魔殿」。
——持續奪走獵物生氣的一種寄生法術。
中了這個詛咒的獵物，無法從惡魔眼中逃離。
這次貞德刻意接受那個詛咒，讓術者夢魔姬能隨時掌握獵物（貞德）的行蹤。
「……還是好不舒服。」
通訊兵沒發現。
貞德腳下的影子，像蛇一樣不斷扭動。
這是中詛咒的證據。
……這樣夢魔姬就能對我的位置瞭若執掌。
……反過來說，詛咒擅自解除就代表夢魔姬發生了什麼事。
「貞德閣下，你嘴唇發白……」

「詛咒一直在體內躁動。那種不適感害我頭暈目眩。」

詛咒埋在貞德體內。

身體內側——肺、胃、背脊等各種部位彷彿在被惡魔的手愛撫，導致貞德不停發冷及反胃。

「巴爾蒙克閣下，總指揮官是您。因為我不覺得自己有辦法在這種狀態下，做出正確的判斷。」

她伸手擦拭從額頭滴下的冷汗。

「花琳，還要多久出發？」

「一小時後。在那之前，您最好躺下來稍事休息……」

「睡了只會作惡夢。詛咒就是這樣。」

她用力咬住嘴唇，以維持清醒，力道重到血會噴出來的地步。

一面聽著自己的喘氣聲。

「我聽她說是方便的法術才答應的，果然是惡魔。性格真差勁……！」

靈光騎士貞德仰天長嘆。

2

三隊戰力以修爾茲聯邦的三個地點為目標。

南——米恩指揮官率領的修爾茲人類反旗軍據點。

西——傭兵王阿凱因，以及追在後面的貞德及巴爾蒙克兩部隊。

東——異種族的「混合部隊」。

若要問其中最特殊的是哪一支隊伍。

肯定是第三個。

由凱伊帶著蠻神族（精靈）、惡魔族（夢魔）、混血種（鈴娜），這個集團實在稱不上一支精兵。

「再說一遍，在鐵屑之都（亞基特）的最優先事項，是讓居民逃離被機鋼種占領的城市。之後再掃蕩機鋼種。」

凱伊盯著地圖。

沉思了一會兒，轉頭望向旁邊的駕駛座。

「嗯，光我一個果然很難帶領這支隊伍。所以謝謝你們，莎琪、阿修蘭。這邊也需要人手幫忙救出居民。」

「就、說、了！為什麼我們得待在這裡！」

「不要啊啊啊啊啊！人家還不想死，爸爸媽媽救命！」

阿修蘭在駕駛座抱頭。

後座角落是抱住雙膝發抖的莎琪。

「這樣跟著貞德大人還比較好。那邊是偵察，這邊百分之百會爆發戰爭。而且還是跟第六種族？機鋼種？什麼東西啊，百分之百完蛋了。偏偏還跟惡魔一起…………」

「妳真愛操心。」

「哇！」

「妳怕的是機鋼種？還是我？」

甜美的呢喃自莎琪身旁傳來。

穿著人類反旗軍戰鬥服的夢魔姬，摟住莎琪的肩膀。

「別怕。我會好好疼愛妳，讓妳忘記恐懼。」

「不要啊啊啊啊啊啊——！別詛咒人家，別吃掉人家，別靠近人家！」

「啊哈哈，妳真好玩。我喜歡這種反應。妳叫莎琪吧？我會比平常更仔細地玩弄妳。」

「可憐的莎琪。」

「喂，阿修蘭！你因為駕駛座離這邊有段距離，打算對人家見死不救嗎！」

「我忙著開車。」

偵察戰鬥車衝上山坡。

——前往礦山。

一行人搭乘的是在大型搬運車上加裝堅固的裝甲，於車頂部分設置機關砲的重裝備車輛。遠征時後車廂會堆滿大量的物資，現在卻空空如也。這是用來載居民的空間。

「鈴娜、蕾蓮！妳們也不要裝沒看到，快來救人家！」

「我討厭夢魔姬（那傢伙）。」

「老身也是。可以的話連話都不想跟她說。」

「那妳們更該救人了！……嗚嗚，好過分……大家都不肯救人家。」

「莎琪。」

「凱伊，你願意救人家嗎！果然只有凱伊，人家一直相信著你！」

「快進入礦山地區了，勸妳把安全帶繫好。」

「白期待了！」

喀噹。

就在這時，衝上坡道的偵察戰鬥車車身劇烈傾斜。

「喂，阿修蘭，你開車太粗魯了。」

「是這條路的關係啦，怎麼都是洞！」

坡道上到處都是類似隕石坑的洞。

換成一般的汽車，輪胎肯定會陷進去。

「莎琪跟阿修蘭看過機鋼種嗎？」

「沒看過。我們只有聽米恩指揮官報告過，還有一直跟幻獸族互瞪……你的意思是？」

「這是牠們的腳印。」

大概是機鋼種從地底爬出的痕跡。

好幾個腳印通往鐵屑之都亞基特。他們沿著腳印在坡道上行駛，看見黑色的水坑。

「唔。那是什麼？凱伊啊，那是泥水積成的水坑嗎？」

「不知道。是的話未免太黑了。」

「……凱伊，那個有味道。」

鈴娜伸手一指。

是指那東西很可疑的「有味道」嗎？凱伊瞬間這麼猜想，緊接著，刺鼻的臭味從打開一條縫的車窗竄進來。

……這股嗆鼻的惡臭。

……是汽油嗎！

推測是用來讓採煤機運轉的燃料。

為何會灑在山坡上？還是在會妨礙車輛通行的地方。

「難道……」

浮現腦海的寒意。

凱伊猜想的未來，在短短數秒後成為現實。

『露天礦彈。』

機鋼種的槍聲響徹四方。然而真正的恐怖不是擦過偵察戰鬥車的子彈，而是開槍產生的火花。

「阿修蘭，停車！」

「可惡……不行，來不及！」

來不及緊急煞車。

火花點燃地上大量的汽油。熊熊燃燒的火焰瞬間吞沒斜坡。

擋風玻璃被抹上一整片火焰。

……陷阱？

……斜坡這一帶被包圍了！

車窗外。

鋼鐵色怪物蠢動著，浮現於搖晃的火焰中。

「大家跳車！」

「咦？等、等等，太突然了——哇！」

「啊哈哈，這表情不錯。妳真的是很好玩的人類。感覺妳還能繼續娛樂我，救妳一次好了。」

夢魔姬從後面抓住莎琪，破窗飛到空中。凱伊勉強看見那一幕，跟著踹開車門跳到車外。

天空及紅褐色的道路被火花染紅，以及猛烈的熱浪。

「阿修蘭！」

「糟糕，這邊有兩隻！」

兩人分別從左右兩側跳車，阿修蘭在偵察戰鬥車的另一邊。

「蕾蓮小妹，妳不是精靈嗎？想辦法處理這些大傢伙吧！」

「別、別躲在老身後面！這傢伙不會用法術，是老身不擅長應付的敵人。汝才是，不能用槍應戰嗎！」

精靈的悲鳴接著傳來。

「阿修蘭、蕾蓮！」

「凱伊，我們被包圍了！」

聽見鈴娜的警告，凱伊轉過身去。

伴隨地震的沉重腳步聲從前後傳來。前後各一隻。阿修蘭那邊也有兩隻的話，牠們從前

後左右包圍了這條斜坡？

……看不見混在火焰裡的敵人。

……即使要打倒牠們，四隻未免太多了！

機鋼種光一隻就讓他們在惡魔的墳墓陷入苦戰。貞德跟鈴娜中彈倒下，凱伊自身的處境也很危險。

「去吧，我忠誠的小鳥。」

惡魔的聲音。

展開雙翼的夢魔姬海茵瑪莉露，輕鬆地用一隻手抱著臉色蒼白的莎琪，悠然飄在空中。

——讓奇聲充滿這個世界。

鮮紅的天空，忽然被無數的影子塗黑。

魔獸。

惡魔飼養的野獸不計其數，其中擁有兩顆頭的怪鳥，據凱伊所知只有一種。

「……是那個死戰烏鴉(Morrigan)嗎！」

在正史的五種族大戰中——

直到最後都「無法擊敗」的傳說中的魔獸。想不到以牠為使魔的上級惡魔就在身邊。

「這、這些烏鴉是什麼呀！」

「唔喔喔喔喔喔喔喔！怎、怎麼一直出現！」

「鈴娜、阿修蘭，停手！別攻擊。這些傢伙會無限增殖。」

這是自古以來的傳說。

兩顆頭的可怕烏鴉襲擊而來，狙擊手將其射穿。

子彈雖然貫穿了烏鴉，下一刻，從那隻烏鴉身上掉下的羽毛化為無數的烏鴉攻擊人類。

「反正機鋼種（你們）只能靠聲音跟目視區別獵物吧？畢竟你們看起來沒有能偵測法力的器官。」

夢魔姬海茵瑪莉露從遙遠的上空，俯視四隻鋼鐵怪物。

「掩沒牠們。讓牠們動彈不得。」

烏鴉開始行動。

淹沒天空的數千隻烏鴉旋轉著急速下降，遮蔽機鋼種們的視野。

『嘎嘎。』

『嘎嘎嘎嘎嘎嘎嘎嘎。』

『嘎嘎嘎嘎嘎嘎嘎嘎嘎嘎嘎嘎嘎嘎嘎嘎。』

大量的怪聲令凱伊反射性後退。

……摀住耳朵還是聽得見？

……好奇怪的叫聲。

從鼓膜滲透進大腦。

這陣叫聲中寄宿著某種力量，或者詛咒嗎？抑或單純只是被過於噁心的刺耳叫聲震懾住？

凱伊也不清楚，不過——

這隻野獸的聲音，會擾亂聽者的精神。

「這、這什麼聲音！」

「好吵喔——！」

聽覺敏銳的蕾蓮跟鈴娜忍不住逃離。

很正常。因為死戰烏鴉本來是惡魔養來對付蠻神族的魔獸。

『！』

鋼鐵的豪腕揮下。

粉碎在空中飛行的一隻死戰烏鴉，然而那只是分裂成無數隻的其中一隻。若不打倒本體，這隻怪鳥會不斷增殖。

鋼鐵巨人的視野被上千隻烏鴉遮蔽的期間——

「這些傢伙身體堅硬，所以很花時間呢。要一起清掉還是用大招(這個)吧。」

滋滋……大氣開始放電。

瘴氣從惡魔的雙手釋放而出，凝聚成固體，化為紅黑色的大鐮。

「給你們十秒。」

展開翅膀的海茵瑪莉露單手拎著莎琪。

帶著滿面笑容宣言。

「地上(那裡)的人。看你們要被切片還是立刻趴下，選擇吧。」

「什、什麼！汝這話什麼意思！」

「一——二——十。好，時間到。」

「這哪是十秒！」

發現凱伊他們一同趴下的機鋼種，朝那裡同時開火。

「魔刃啊，切碎牠們。」

黑色風刃。

連同子彈將天空一分為二。足以讓人產生這個錯覺的大規模空間切斷，擦過趴在地上的凱伊的頭頂。

凱伊毛骨悚然。

一根頭髮都沒被碰到，身體卻像被大鐮刀刺穿的寒意，令他起了整身雞皮疙瘩。

「……哼。很有惡魔風格的法術。只懂得破壞……不過……」

蕾蓮壓低聲音喃喃自語。

精靈巫女看著上半身被砍成兩半的機鋼種們倒下，面帶無法釋然的表情不屑地說。

「就只有破壞力特別驚人。」

「精靈真的只會擺架子耶。」

在飛舞的沙塵中，惡魔少女翩翩降落。

「欸，莎琪。怎麼樣？可怕嗎？如果有嚇到妳，我會很高興的。」

「…………」

「啊，我抓著妳的脖子所以不能呼吸？欸欸，妳還活著嗎？」

夢魔姬粗暴地放開面無血色的莎琪，環視地表。

斜坡仍在熊熊燃燒。惡魔凝視倒在那裡的兩具鋼鐵巨軀，不悅地嘖了聲。

「可惜。數量真少。」

四隻裡面只打倒了兩隻。

剩下兩隻混在沙塵中，潛入地底。考慮到牠們的身體差點被從中間砍斷，其生命力之強確實令人背脊發涼。

但除此之外——

「這種陷阱是隨便就想得到的嗎？」

凱伊用手指沾起地上的黑色液體。

知道汽油會燃燒，還把它搬到山路灑。跟人類反旗軍的傭兵情急之下想到的戰術同等級。

「……真麻煩。機鋼種（那些傢伙）比我們想像中更聰明。而且會迅速吸收人類的知識，像這個汽油。」

「嗯？那很重要嗎？」

惡魔少女指向斜坡後方，隱隱露出身姿的人類特區。

「在那座城市找到人類，剩下只要把機鋼種（那些傢伙）統統除掉就行。事到如今講什麼有智慧、會吸收知識，一點意義都沒有。」

「妳不覺得疑惑嗎？」

「什麼東西？」

「牠們有智慧，代表牠們留在那裡也是有原因的。」

人類特區「鐵屑之都亞基特」。

用望遠鏡雖然看不見人影，但也不像烏爾札的王都那樣徹底遭到破壞，化為廢墟。

「牠們只停留在包圍的階段。」

「咦？」

「想摧毀那麼小的人類特區，一個晚上就夠了。城市沒受損，代表機鋼種（牠們）出現的理由並

非殲滅人類。莎琪，妳認為是什麼？」

「咦？呃，你突然問人家，人家也不知道……阿修蘭，接棒！」

「喂喂喂……呃，不是因為人類方在努力抗戰嗎？」

「我也想過那個可能。不過……」

另一方面。

他同時也對此存疑。

「啊——」

夢魔姬毫無前兆地開口。

凝視身後的下坡，接著說道。

「有一大群攻過來了。」

「什麼！」

「咦，等等。我完全沒聞到味道呀。」

鈴娜及蕾蓮連忙左顧右盼，惡魔卻對此毫無反應。凱伊也沒看見疑似機鋼種的影子。

既然如此，惡魔的意圖是……

「……該不會……」

出發前，夢魔姬對貞德施了一個詛咒。

即使隔著電波無法傳達的遙遠距離，也能得知人類反旗軍的狀況。

「是那邊嗎！」

「答對了。我透過咒紋聽見幻獸族的吼聲。而且音量非常大。還有人類的槍聲。」

「喂、喂！咱們的貞德大人沒事吧！」

「我想還活著吧？可是這麼多幻獸族聚集過來，代表有人闖入幻獸族的巢穴。啊——不行。我聽見有人在喊撤退，明明不可能逃得掉。幻獸族才不會放走踏進巢穴的敵人。」

「……不會吧。」

莎琪臉色刷白。

她當場腿軟，夢魔姬本人比凱伊更早抓住她的手，將她拉起來。

「開玩笑的。」

「……咦？」

「其實我本來想瞞著你們到最後，但妳為我帶來了許多樂趣，我就告訴妳吧，順便炫耀一下。」

她拋了個媚眼。

那恐怕是人類之敵夢魔姬心血來潮，初次對人類開的玩笑。

「我的『伏魔殿』是特製的。那些野獸已經中了陷阱。」

3

大約半小時前——

舊王都拉克賈爾．夏。

那座城市面對壯闊的原生林，是世上最危險的地區之一。

從地底噴出的硫磺湖阿特歐茲。

長滿銳利死針的歐歐．拉山脈。

流沙會將人吞噬進去的凡．托馬拉大沙漠。

以及此地「幻獸族巢穴」舊王都拉克賈爾．夏。據說光靠近那裡就可能送命，也沒人敢前去冒險。

一旦被幻獸族聞到，牠們會以時速一百公里以上的速度追過來。

最多能接近到三千公尺。調查方針是在那邊紮營，用靈活的軍用汽車或摩托車前去偵察。

理應如此，然而——

「怎麼回事！」

傭兵王阿凱因的營地。

獅子王巴爾蒙克的怒吼，於規模特別大的作戰本部前響起。

「阿凱因那傢伙居然不在這裡。」

「是的。阿凱因大人剛剛才跟七名親衛隊一起離開。」

巴爾蒙克語帶威脅地逼近，眼前的男人——阿凱因的部下卻不動如山。

「我也想請教一下。」

貞德帶著護衛花琳，向前踏出一步。

「你說阿凱因先生去舊王都（拉克賈爾·夏）偵察了？但就我看來，偵察用車輛還停在這裡。還有其他目的地嗎？」

「好眼力。」

其中一名部下冷靜地回答。

指向營地後方的廣大原生林。

「目的地是那座原生林後面的火山湖。人民似乎相信那座湖是古時候神明從天而降時，隨之誕生的湖泊。」

「火山湖？」

貞德第一次聽說。

原生林就在眼前，她也事先看地圖確認過。但她沒聽過任何關於火山湖的可疑謠言。

「為什麼？目的地不是幻獸族的巢穴嗎？」

「拉蘇耶的巢穴在那裡，但這只是阿凱因大人的推測。」

「……」

查出那個獸人的位置了？

如果是真的，對修爾茲人類反旗軍來說是再好不過的消息，貞德心中卻浮現不明瞭的疑惑。

……只是推測？

……開什麼玩笑。哪可能因為那種不確定的根據就獨自動身。

貞德不認為那個男人會在鄰近幻獸族巢穴的危險地帶，做出如此不合理的判斷。

這樣的話，他能找到拉蘇耶的巢穴，還有其他理由？

為何不據實以報？

……至今以來無人得知的巢穴位置。

……為何只有傭兵王阿凱因有辦法知道？

不可能只是推測。

假如有某種存在能帶給他近乎於確信的預感——

『我僅僅是傳達預言的存在。』

『在大顯身手的希德背後，還有個在給他建議的人。』

這是預言神的引導嗎？

貞德在內心為凱伊不在場而咬緊牙關。若他在這裡，一定會為自己的直覺佐證。

「我們馬上追過去。把那傢伙（阿凱因）的行進路線告訴我。」

獅子王巴爾蒙克控制住聲音中的怒氣。

「那傢伙（阿凱因）的目標恐怕是奇襲。我猜他想以少數精銳趁拉蘇耶大意時取其性命，但風險太大了。貞德閣下，我認為該追上去。」

「我沒意見。」

「各位都聽見了。動作快！」

在場所有人再度坐上軍用車。

追蹤傭兵王希德。穿過營地後方的原生林，朝深處綿延的山脈前進。

「……貞德大人。」

花琳低聲說道。

「這樣跟原訂計畫不同。本來您應該要在軍營裡休息。」

「狀況特殊。」

貞德才剛下車，立刻又坐回軍用車上。

光這個動作就讓她喘不過氣，無疑是夢魔姬的咒術所致。感覺得到全身的體力每秒都在

流失。

……而且，是錯覺嗎？

……腳下的影子扭動的速度變快了？

中了咒法「伏魔殿」的人，生氣會持續被奪走。

或許還施加了其他詛咒。對已經中招的貞德來說，除了忍耐沒有其他選擇。

『全軍跟上！』

巴爾蒙克的車帶頭駛向原生林。

穿過厚如牆壁的草叢，前方是陽光從枝葉間灑落的大樹迷宮。

『這座森林跟幻獸族的巢穴相連接，就算遇到牠們也能直接開過去。別開戰，那些傢伙無法在森林裡自由行動！』

幻獸族不喜歡森林。

過去巨獸貝西摩斯襲擊精靈森林時也是。密集的大樹成了柵欄阻擋在前方，封住牠的動作。

『米恩閣下，發生了一點小意外。』

兩位指揮官之間的對話，透過全體通訊傳遍全車。

『他（阿凱因）的目標不是調查幻獸族。那男人恐怕想偷襲拉蘇耶，正在往火山湖移動。』

『咦！什、什麼狀況……？不是要調查舊王都（拉克賈爾·夏）嗎？』

『我也不清楚。等我跟那傢伙(阿凱因)會合再問個明白，總之跟妳報告一下我們也要過去。可以吧？』

『咦咦咦！您、您打算跟那個幻獸族的英雄戰鬥嗎！』

『到時我會扛著那傢伙(阿凱因)逃走。』

悠倫人類反旗軍的指揮官，沒有一絲猶豫地斷言。

『幸好我遇過他一次。那隻獸人是徹頭徹尾的怪物。現有的砲彈收拾不掉他。確認完火山湖是否真的是拉蘇耶的巢穴，我們就會撤退。』

『那、那我沒意見，祝您武運昌隆！』

『妳也是。在我們離開的期間，本部就交給妳…………唔？』

明明還在通話，指揮官巴爾蒙克卻察覺到了什麼，發出納悶的聲音。

『這是什麼！』

「唔。好亮！」

強烈的搖光灼燒眼皮。

不可能。這裡是原生林的正中央。除了從枝葉間灑落的陽光外，照理說不可能有光照得進來。眾人都產生疑惑，接著啞口無言。

——不是森林。

眼前的樹木全數倒下，被粗魯地啃食，落葉底下的土壤直接露在外面，令人不忍卒

睹。

「……土的氣味很重。若是幻獸族幹的好事，應該還在附近。」

花琳開窗觀察車外。

「巴爾蒙克指揮官，我建議全速通過這一帶。這裡沒有礙事的樹木，能夠直線前進。」

『我也這麼想。假如這是幻獸族做的，八成是性格非常凶暴的個體。』

越過眼前的山脈就是火山湖。

所有車輛踩下油門加速。這個瞬間，貞德、巴爾蒙克及後面車輛的士兵，視野整個翻轉過來。

——野獸的咆哮。

車子翻覆了。

窗外不是地平線，而是湛藍的天空，讓眾人意識到這一點。然而，眼前的景色也一下就被沙塵掩蓋住。

「藏在土裡嗎！」

地龍提坦——

是龍卻沒有翅膀。那扁平的巨大頭部，反而可以說酷似在地面爬行的鱷魚。決定性的差距在於大小。

名字源於古代的巨神泰坦，由此可見其體積之龐大。

「我們一直在這傢伙背上行駛嗎！」

牠在地底埋伏，彈起人類反旗軍通過其上的車子。

『嘖……全、全員下車！』

巴爾蒙克從內側踢開倒下的車門，跳到車外。

「貞德大人！」

「我知道！」

車門因剛才的撞擊變形了。一判斷門打不開，花琳就迅速破壞玻璃窗。從窗戶逃到外面。

——猛烈的頭暈。

僅僅一秒。若是平常，貞德失去意識的時間根本微不足道，在這個危機下卻是過大的空隙。

「貞德大人！」

「…………竟然在這種時候……幫我一把，花琳……！」

貞德抓住花琳的手爬到外面。

……開什麼玩笑。都這個時候了。

……莫非這才是海茵瑪莉露真正的目的！

心臟痛得彷彿被人一把掐住。

全身抽搐不止，站都站不起來。無疑是附身在貞德身上的咒術帶來的苦痛。

明顯跟夢魔姬說的不同。

這個咒術的用途，照理說是發送貞德的位置，難道其實是用來讓幻獸族解決人類（貞德）的詛咒？

「不行，機關槍的子彈會被那傢伙的鱗片彈開！」

「用榴彈槍，手上的手榴彈也全扔出去！」

「……沒、沒有效果！」

士兵們的哀號迴盪四周。

火攻無效。火焰及爆炸都被從鱗片縫隙間滲出的黏液隔絕，無法傷及地龍提坦的皮膚。

「唔！喂、喂……快出來！就是為了應付這種狀況，才帶妳一起來的吧！」

『笨蛋。』

項鍊碎裂。

少女清澈的聲音，從地龍提坦的影子底下傳出。

『你跟鏡光說話，敵人就會發現鏡光躲在這裡。』

六元鏡光抬起手。

透明指尖碰到牠的瞬間，狂暴的地龍便停止動作。

——萬象鏡化「冰」——

冰冷的「啪哩」一聲響起。

從地龍的鱗片滲出的黏液瞬間凍結，化為纏住巨大身軀的冰之荊棘，爬上牠的全身。

『————————！』

巨龍宛如被蜘蛛絲纏住的獵物，揚起猛烈的沙塵倒地。

那隻巨龍——

被來自天空的巨大影子罩住。強壯的傭兵們抬頭看過去，愣在原地，連舉槍都忘了。

在那裡的是熔岩般的紅黑色亞龍。

新出現的巨龍猛烈地朝這邊飛來，將大嘴張開到極限。人稱火焰流的灼熱吐息，一晚就能燒燬一座都市。

「現在是什麼狀況！連亞龍都跑來找我們————咕唔……」

『好吵，蹲下。』

——萬象鏡化「海」。

六元鏡光的拳頭「砰」一聲，膨脹得跟氣球一樣。

她從地上揮出結凍的拳頭，用巨大的拳頭抵銷亞龍的吐息。

『……討厭。好不容易再生的細胞。』

右手的拳頭蒸發。

不過以此為代價，理應將地上的人類反旗軍燒成灰燼的火焰也消失了。正當眾人忍不住鬆一口氣之時——

「貞德大人，請您退到後方，那傢伙(亞龍)的目標不是我們！」

花琳大吼。

護衛擋在因海茵瑪莉露的詛咒而跪在地上的貞德前面，比在場所有人都還要早注意到。

幻獸族不只是單純的野獸。

而是以獸人拉蘇耶為首，凶暴及狡猾兼具的地面霸者。

『……糟糕。』

六元鏡光板起臉，抬頭仰望從冰之藤蔓的束縛下解放的地龍提坦。

是亞龍的吐息。

灼熱的熱浪融化六元鏡光的冰。儘管抵禦住了吐息本身，但被拘束住的地龍也重獲自由了。

『剛才的噴火是為了救同伴？幻獸族有那麼聰明嗎……』

支配天空的亞龍正在準備下一次噴火。

除此之外，闊步於地面的地龍提坦張開大嘴，憤怒地咆哮。抬起前腳，為了將地上的人類統統一腳踩死。

貞德卻因為詛咒的關係動彈不得。

……竟然在這種時候！

……是我的失誤。這詛咒果然是惡魔（海茵瑪莉露）的陷阱……！

全身抽搐，頭暈目眩。

跪在地上維持意識就竭盡全力了。連抬頭仰望緊逼而來的地龍提坦都做不到。

「別管我！這是……我自己的失誤……！」

她擠出聲音，對在場所有人說道。

部下們都知道，她自願承受夢魔姬海茵瑪莉露的咒術。

古雷戈里整合隊長認為此舉太過危險，直到最後都持反對意見。是貞德自己不顧他的反對，答應惡魔的建議。

「…………快走，撤退——」

即將被地龍踩扁的那瞬間。

面對無法逃離的死，貞德的時間感壓縮到極限，大概只有她一人聽見「惡魔的聲音」。

『如您所願，被施術者抵達了牙皇的巢穴。』

『極大轉位法術「伏魔殿」發動——』

『好了，盡情肆虐吧，凡妮沙姊姊大人！』

在貞德腳下蠢動的影子漾起波紋。

噗通……

伴隨將石頭扔進沼澤裡的水聲，漆黑色物體爬出貞德的影子。

「什麼！」

「真沒用的部下。」

擁有漆黑之翼的妖豔女惡魔，從貞德的影子飛出。

垂在背上的黑髮反射陽光，閃耀紫色光澤，鮮紅的眸子及雙唇，散發出一看就知道那是魔性之物的妖豔光芒。

夢魔姬海茵瑪莉露？

不。

降臨於此的惡魔，相貌比海茵瑪莉露更加成熟，不祥的服裝滿溢混濁的黑色瘴氣。

「海茵瑪莉露啊，朕叫妳把朕送到那個人類身邊，而不是這種充滿野獸味的森林。」

惡魔看起來心情不悅——

卻又用愉快的語氣說道，輕輕一笑。在俯視自己的巨大地龍面前。

「哈！你們這些野獸少得意忘形了！」

嬌笑傳遍四方。

惡魔笑得肩膀顫抖，露出大半的胸部隨之晃動，放聲大吼。

「不知道朕乃冥帝凡妮沙的野獸，沒資格被朕疼愛。消失吧！」

其名響徹四方——

下一刻，冥帝（凡妮沙）的法術發動。

——冥唱「吾之樂園啊，瘋狂炸裂吧」。

大地沸騰。

裸露的土壤宛如岩漿，化為燒紅的沼澤，噴出紅蓮火柱。

然後爆炸。

吞沒闊步於地面的地龍提坦及亞龍，噴出沖天的火焰。熱與光逼得包含貞德在內的人類閉上眼睛——

烈焰氣流消散後。

只有一隻惡魔悠然立於原地。

「野獸終究只是野獸。」

如同呼吸般輕易發動堪比天地異變的大法術，還絲毫不見疲態。

光憑這一點就能知道，這隻惡魔異常強大。

跟夢魔姬海茵瑪莉露同等級，或在其之上——據貞德所知，那樣的惡魔只有一隻。

……冥帝凡妮沙。

……怎麼會，凱伊和鈴娜不是打倒她了嗎！

惡魔族的英雄。

不過聽說她在跟凱伊和鈴娜激戰後，因切除器官這隻怪物的襲擊而負傷，最後消滅了。

為什麼會在這裡？

『……冥帝？就是妳嗎？凱伊說妳被切除器官攻擊，消滅了。』

「妳又是何人？會說話的聖靈族實在罕見。」

聖靈族的英雄「靈元首」六元鏡光——

惡魔族的英雄「冥帝」凡妮沙——

這兩隻怪物從哪出現的？

上百名傭兵屏息看著她們，兩隻異種族互相凝視，沒有行動。

「原來如此。」

『原來如此。』

同一時間。

夢魔揚起嘴角，黏稠生物睜大眼睛。

「妳就是靈元首？」

『惡魔轉生。事先準備好「肉」，將靈魂（力量）互換？』

「——正確答案。六元鏡光啊，妳挺有知識的嘛。」

『沒想到中了切除器官的無座標化還能轉生。靈魂應該也一起被封印住了才對。』

「不。所以我在被封印前自殺了。」

復活的惡魔仰望天空。

看著久違的太陽，彷彿覺得刺眼似的瞇起眼睛。

「結果來得及在消滅前死亡。就這麼簡單。」

『計劃性自殺？』

「沒錯。但還是挺驚險的。畢竟朕沒有敗北的經驗，轉生也是初次經歷，能否成功全看運氣。」

當時——

大概連凱伊都沒料到冥帝凡妮沙意圖轉生。

『是人家輸了，輸得好慘啊，甚至提不起勁去想藉口呢。』

『下次人家會以夢魔的身分與你好好大戰一場。要好好記住喲。』

種族差異——

轉生是惡魔的祕術，因此身為天使的主天艾弗雷亞並不適用。

想必沒人發現其中的差異。

理應同樣遭到無座標化的惡魔（凡妮沙）及天使（艾弗雷亞），兩者消滅的方式不同。連凱伊都沒發現的些微「差異」。

『惡魔的肉體化為黑霧消散，連一片指甲、一根頭髮都不留——』

『主天艾弗雷亞的身體石化——』

主動破壞自己的身軀，免於遭到無座標化的冥帝凡妮沙。

無法使用轉生祕術，因無座標化而石化的主天艾弗雷亞。

在生死的境界線。

天使及惡魔的種族差異，區分了兩者的命運。

「對了，人類。」

惡魔帶著有幾分傲慢的笑容，對離自己最近的人類——貞德開口。

貞德沉默不語。

感覺得到冷汗滑落臉頰。夢魔姬海茵瑪莉露對她施的法術，不是一般的咒術。

利用獵物的生氣，將惡魔傳送到獵物面前的寄生型傳送法術。

……難怪我差點沒命。

……這可是用來召喚此等怪物的咒術，應該奪走了大量的生氣。

現在身體輕得像騙人一樣。

她從詛咒之下得到解放。推測是因為傳送完冥帝凡妮沙，伏魔殿完成任務，跟著消失了。

「人類該不會想妨礙朕吧？」

「……妳有什麼目的？」

「哈哈，只是一點好奇心。朕純粹是想嚇嚇那個叫凱伊的人類才出現，不過既然來到這裡了……」

她收起背上的翅膀。

像在表示自己沒有跟區區人類（你們）戰鬥的意思。

「就順便殺了牙皇（拉蘇耶）吧。」

World.6

Chapter: 鋼之王

Phy Sew lu, ele tis Es feo r-delis uc l.

1

地下資源豐富的修爾茲聯邦，自古以來就會開採煤礦。

鐵屑之都亞基特——

地面最後的煤炭鎮。這座人類特區是提供修爾茲人類反旗軍軍備的重要據點，如今靜寂無聲。

曾經充滿礦工活力十足的呼聲的城市，現在儼然是滿布沙塵的鬼城。

在其中一角。

「這裡！不用急。大家冷靜下來，慢慢上車！」

阿修蘭用力揮手，引導居民。

來不及逃走的居民們，一個個逃進偵察戰鬥車的車廂。有家族，有老人，還有駐守於城內的修爾茲人類反旗軍的傭兵。

「莎琪，怎麼樣？」

「我看看，十八、十九……嗯，人應該都到齊了！」

莎琪在裡面檢查居民證。

「有記得檢查兩次吧？萬一少了人，那可不是鬧著玩的。」

「我檢查四次了。」

莎琪將榴彈槍掛在肩上，信心十足地跳進車內。阿修蘭也跟著坐上駕駛座。

「好。趁那些機鋼種（怪物）還沒又跑出來，趕快撤退。凱伊，喂，凱伊。調查夠了啦！」

「……我知道。」

凱伊拿著亞龍爪巡視。

本來還擔心居民上車前會不會有意外，幸好只是杞人憂天，接下來只要立刻返回即可。然而，凱伊有件事十分在意。

「阿修蘭，你不覺得奇怪嗎？」

林立的大樓沒受到任何損傷。

跟大約兩週前，凱伊他們來到這裡時的街景一模一樣。

「在山腰看到村外的時候我就覺得奇怪了，實際上，城裡幾乎沒有遭到侵略的痕跡。」

「嗯？因為報告裡提到的只有被包圍，他們成功防止敵人入侵了吧。」

「…………」

儘管沒有反駁。

凱伊對他的意見存疑。他不認為留在市內的少數傭兵，防得住機鋼種襲擊。

……在惡魔的墳墓，一隻機鋼種就擊退了五隻惡魔。

……只要有剛才那四隻，輕輕鬆鬆就能摧毀這裡。

成功防住反而讓人覺得奇怪。

「嘿，凱伊！鈴娜和蕾蓮在哪？快把她們叫來啦！」

莎琪從車窗探出頭。

「趕快離開這種危險的地方。那個惡魔也是。」

「海茵瑪莉露？」

「對！總之大家——噢，啊，鈴娜，妳來得正好！」

鈴娜及蕾蓮快步從城市內部走回來。

嗅覺、聽覺敏銳的兩人負責最後確認一遍有沒有市民還沒上車，和她們同行的夢魔姬卻不見人影。

「鈴娜，惡魔（那傢伙）呢？」

「凱伊，跟你說喔，我們找到一個奇怪的地方，說不定是機鋼種的巢穴。」

鈴娜指向城市深處。

「那個洞窟。」

「等、等一下，鈴娜小妹！妳剛才是不是說了很恐怖的事？」

「這裡是礦山，有許多鋼鐵能當成機鋼種的食物。」

阿修蘭臉色蒼白，精靈巫女鎮定地說。

「咱們也是碰巧發現的。因為這東西掉在礦坑入口。」

「……鐵的碎片？」

「剛才夢魔姬（那傢伙）不是把牠們趕走了？這是用那把大鐮刀砍下的零件。惡魔的法力還附著在其上。」

「剛才逃掉的那兩隻嗎！」

打倒兩隻。另外兩隻則混在沙塵中消失。

牠們逃到了這附近？

「夢魔姬（那傢伙）在入口監視。不如說就算咱們什麼都不做，那傢伙也打算隻身闖進巢穴。所以老身才想先通知汝。」

「……叫她住手，她也不會聽吧。」

察覺到蕾蓮想表達的意思，凱伊皺起眉頭。

……看她乖乖跟過來，我還覺得奇怪。

……海茵瑪莉露那傢伙，果然還在生氣嗎？

惡魔的執念之深是有口皆碑的。

海茵瑪莉露心中本來就積著部下被攻擊，自己也被子彈射中頭部的怨氣，應該會認為這是報仇的絕佳機會。

「先載居民離開。其實直接回去才是標準答案，不過……」

在跟幻獸族的戰鬥中，夢魔姬是不可或缺的。

無法預測當他告訴那個惡魔「那我們先回去」時，她會有什麼樣的心情。

雖然不至於倒戈，在這邊惹她不開心八成會很麻煩。

「莎琪、阿修蘭，我想跟你們打個商量。」

「啊——我不想聽，我不想聽！我已經有不好的預感了！」

「人家也不想聽！」

「你們在這邊等就好。因為需要有人保護居民。」

「喂、喂！」

「保持聯絡吧。我每隔十五分鐘會聯絡你們一次。如果我沒主動聯絡，就由你們聯絡我。我沒回應的話，麻煩你們兩個帶居民逃出這裡。」

「……等等，凱伊，你認真的嗎！」

「貞德也是類似的狀況。」

北方與南方的聯合軍，正在追著傭兵王（阿凱因）前往幻獸族的巢穴。

他們也一樣冒著危險。

「啊啊討厭，你真的很頑固。通訊機的電池要充滿電喔！」

「我剛充過。」

「啊。說到通訊機（那東西），老身跟鈴娜昨晚拿來玩過，消耗了一些電量。」

「喂！……你們也聽見了，我得省點電用。」

凱伊帶著毫不愧疚的蕾蓮，走向城市深處。

「凱伊，這邊這邊！」

鈴娜在無人的街道上前進。

目的地是讓礦工出入的礦坑入口。

「哎呀，你為我來啦，我好高興。」

惡魔少女回過頭。

她脫掉在人類面前穿著的人類反旗軍戰鬥服，露出夢魔的黑翼。

「要是我沒來，妳會生氣吧？」

「那當然，惡魔最討厭寂寞了。」

「我會銘記在心……啊，對了。鈴娜可以不用藏住翅膀。蕾蓮也是，少了這個妳會不安吧？」

鈴娜脫下纏在腰間的靈裝，還給蕾蓮。

現在可以不必擔心被人類看見。不如說是需要惡魔（海茵瑪莉露）、蠻神族（蕾蓮）、混血種（鈴娜）三人都拿出全力的時候。

「嗯。七件都在果然讓人心安。」

「那麼薄的布擋得住機鋼種的攻擊嗎？會直接被射出一個洞吧？」

「囉嗦。話先說在前頭，是汝說要去的，所以汝要認真做事啊。咱們只是陪汝來的。」

「好好好。」

夢魔姬自在地於狹窄的坑道中前進。

每幾公尺設有小小的電燈，勉強看得見前後左右，但由於坑道是平緩的下坡，四處又都是彎道，深處幾乎看不見。

「唔。老身不喜歡這個土的味道。」

蕾蓮伸手撫摸經過修補的土牆。

「貧瘠的土。沒有任何養分。這樣哪長得出植物。」

「跟妳的胸部一樣。」

「汝真的很囉唆！是夢魔（汝）身上多餘的肉太多了！」

「……妳們倆都安靜點。」

礦坑裡會有回音。

假如機鋼種潛伏在這附近，光聽見剛才的聲音就會襲擊而來吧。

「凱伊，那些傢伙都不出來耶。」

「因為坑道還很淺。牠們逃進更深層的地方都不奇怪。可是鈴娜，就算看見那些傢伙，在我下達指示前不要跟牠們開戰。」

「咦？為什麼？」

「洞頂會掉下來。這叫崩塌。」

這條坑道類似螞蟻的巢穴。正因為只是在山裡挖出來的道路，牆壁及洞頂很容易就會塌陷。

「萬一洞穴塌了，我們會被活埋。聽懂了吧，海茵瑪莉露？千萬不能一遇到敵人就用法術喔。」

「咦，我無所謂呀。只不過是被岩石埋住，惡魔又不會窒息。」

「妳的臉被土弄髒也無所謂嗎？會糟蹋妳的美貌喔。」

「…………」

「小心點。」

「……是——沒辦法嘍。」

夢魔鼓起臉頰，心不甘情不願地答應。

「走這個方向沒錯，不過還要再下去一點。我猜牠們逃到坑道的更深處了。」

海茵瑪莉露手上拿著鋼鐵色的碎片。

在地上戰鬥時，從機鋼種的裝甲上剝落的。

「上面附著著我的法力。不管牠們躲到哪裡，都休想逃掉。」

「如果這裡真的是牠們的巢穴，妳打算怎麼做？」

「直接摧毀呀？」

「有幾百隻、幾千隻也一樣嗎？」

「到時就回到地面，從地面轟掉整座山，讓地下變成熔岩。即使牠們的身體是用鋼鐵做的，只要熔掉就行。」

夢魔姬露出肉食野獸看了都會怕的猙獰笑容，大步前進。

「擋路的東西得清乾淨才行。只要把機鋼種殲滅，凡妮沙姊姊大人應該會誇獎我吧。」

「————」

坑道靜寂無聲。

海茵瑪莉露說出的名字代表什麼意思，凱伊也已經聽說了。

「惡魔轉生？老身聽說即使是上級惡魔，成功率也未滿百分之一。」

「蠻神族懂真多。可惜答錯了，最上級惡魔不適用那個機率。」

「……冥帝（凡妮沙）跟汝也是嗎？」

「誰知道？我沒試過，所以不清楚。因為我沒輸過。」

惡魔少女在下坡上前行。

充斥霉味及塵土味的坑道，依然什麼都沒出現。

「不過我愈來愈疑惑了。凱伊，你對凡妮沙姊姊大人做了什麼？」

「什麼意思？」

「凡妮沙姊姊大人成功轉生，我以為她肯定會盯上你和鈴娜的性命，下令攻擊王都。」

「……是啊。說實話我也做好覺悟了。」

他還真不知道該如何回答。

……我第一個想到的也是這個。

……因為人類和惡魔就是那種關係。殺與被殺的關係。

然而事實並非如此。

『把人類（凱伊）找出來。』

『復仇？哈，朕豈會為如此渺小的目的下令？』

「她說她想跟你談『希德』的事。我也不知道姊姊大人下達這個命令時在想什麼，希德是什麼呀？」

「人類。」

「還有呢？」

「是我在找的人。雖然是百年前的人了。」

「啊？那和凡妮沙姊姊大人有什麼關係？我問過姊姊大人，可是她不肯告訴我。」

「是可以跟妳說，不過妳自己說想探索這座礦山的。」

「那等解決機鋼種後再說吧。」

空氣混濁。

風已經吹不進來，大概是因為他們來到了有一定深度的地方。完全沒有空氣流通的礦山深部。

「哎呀？」

惡魔停下腳步。

開始在昏暗的坑道中觀察周圍。

「奇怪。是因為我們邊走邊聊天的關係，走過頭了嗎……從我手下逃離的機鋼種的反應，在這道牆對面耶。」

她將手貼在土牆上。

他們沿著機鋼種經過的坑道直線追蹤，回過神時敵人卻在土裡。眼前的是坑道。

可是，從法力反應判斷，機鋼種似乎沒經過這條道路。

「怪了，我明明是循著標記在牠們身上的法力追過來的。剛才我們走過的路線有岔路嗎？不僅沒靠近目標，還離得愈來愈遠。」

「妳知道跟那傢伙現在隔多遠嗎？」

「嗯……我的五百步左右？」

從海茵瑪莉露的身高計算她一步的距離——

可以推算出約三百公尺。

「我們是走直線追過來的，機鋼種則透過藏在某處的隱藏通道之類的東西逃走……嗎？」

可供機鋼種作為能量來源的鋼鐵，礦山（這裡）要多少有多少。

若這裡是機鋼種的巢穴，他們熟知連人類都不知道的捷徑或岔路也不奇怪。

「凱伊，是不是這裡？」

走在最後面的精靈巫女，不知何時往回走了十公尺左右。在剛走下來的坡道途中駐足，碰觸土牆。

「有挖過的痕跡。」

「！真的嗎！……………呃，我看不出差異耶。」

堅硬的黑色土層。

燈光微弱當然也有影響，但就算不論這一點，自己（凱伊）也不知道蕾蓮為何要碰這面牆壁。

……看起來沒差啊。

……土的顏色和硬度都一樣。

「唉——精靈，妳可不可以不要因為想引人注目就隨便亂扯？這面牆壁？沒有任何可疑之處呀。」

「這是自然。汝認為機鋼種會留下可疑的痕跡嗎？」

「那妳怎麼看出來的？」

「提到對土壤的知識，世上無人能勝過矮人。而與矮人共存的就是咱們精靈。別小看老身。」

精靈從袖子裡拿出一把紅白扇子。

若是人類的道具，就是用來搧風的吧。但精靈巫女持有的扇子不可能只是單純的道具。

「看仔細了。」

她用扇子前端刺向土牆的瞬間。

轟！

厚實堅固的土牆發出瀑布般的聲音，像絲線散開般崩塌。

前方空出一個大洞。

「瞧。果然有密道。」

「…………不會吧。」

夢魔姬當場愣住，眼睛從來沒有瞪得那麼大過，輪流看著空洞及精靈。

「……妳矇到的。」

「老實點誇獎老身吧。好，找到牠們的移動路線了，繼續追…………唔？」

沙塵逐漸平息。

精靈凝視著微弱燈光照亮的空洞，納悶地不停眨眼。

「這是什麼……」

紅褐色的土牆，變成奇妙的白色石牆。

石牆表面到處都在發光，像蘊含法力般美麗。前方用牆壁隔出許多條岔路，有如一座迷宮。

機械感——

從這個觀點來看，符合機鋼種巢穴的形象，不過若要尋找更貼切的形容詞，不如說是「未來感」。彷彿是用這個世界尚未發展出的設計、技術、力量蓋成的遺跡。

「墳墓……的內部嗎……？」

叩。

凱伊踩上硬質的地板。他探索過的墳墓有兩座。惡魔族和幻獸族的。氛圍明明一模一樣，這裡是怎麼回事？

「為什麼只有這裡整片都是白的？」

墳墓是「漆黑的金字塔」。

四聯邦各有一座。照理說，這是正史跟別史的共通點。眼前卻是凱伊的知識裡不存在的東西。

……這裡是西方（修爾茲），所以是幻獸族的墳墓？

……不對。如果跟正史一樣，幻獸族的墳墓應該在更西北方的位置。

這裡不是幻獸族的墳墓。

——第五座墳墓。

尚未發現的未解析神造遺跡。

「嗯？你們幹嘛目瞪口呆的？這裡就是機鋼種的巢穴對吧。」

唯有惡魔少女冷靜沉著。

這也是理所當然。因為只有這個惡魔沒進過墳墓內部，跟自己（凱伊）和鈴娜、蕾蓮不同。

頂多只會覺得那是機鋼種蓋的巢穴吧。

……第五座墳墓？為什麼只有這裡是全白？

……而且，這座墳墓是蓋來封印什麼的？

正史世界中，希德擊敗四英雄時將四種族封印住。若墳墓的用途在於此，四座應該就夠了。

「海茵瑪莉露，這裡搞不好不是機鋼種的巢穴。」

「什麼？」

「現在可能是，不過原本大概不是。感覺跟惡魔拿人類的大樓來用一樣。」

先有這座墳墓。

發現這個地方的機鋼種再住進來。這樣想才自然。

「所以？」

夢魔姬無奈地雙臂環胸。

維持推高豐滿胸部的妖豔姿勢，環顧四周。

「那又如何？機鋼種在這裡。我是為了殲滅牠們而來的。除此之外還需要管什麼嗎？」

「也有可能是我誤判，但這裡或許有機鋼種之外的生物潛伏。是一種叫切除器官的妳不知道的怪物。」

「…………」

海茵瑪莉露一語不發。

接著。

「啊哈。」

惡魔笑了。直接露出銳利的牙齒。

「我知道。從背後偷襲凡妮沙姊姊大人的傢伙對吧？我透過姊姊大人的殘留思念確認過了。」

「這值得高興嗎？」

「當然嘍。因為這樣我可以同時滅掉兩個可恨的敵人。」

海茵瑪莉露颯爽地邁步而出。

毫不猶豫，直線走向如同迷宮般錯綜複雜的通道。

「那邊那個混血的。」

「…………」

「叫妳啦，長翅膀的——」

「我討厭那個叫法。叫我鈴娜我才要回答。」

走在凱伊旁邊的鈴娜，悶悶不樂地嘟起嘴。

「那，鈴娜。」

「幹嘛？」

「這是個好機會，所以我告訴妳，我對妳挺感興趣的。聽說妳跟凡妮沙姊姊大人打得不

分上下？可是剛才妳只讓我一個人戰鬥，什麼都沒做。是不希望真實身分被人類發現嗎？」

「凱伊叫我不要出手的。」

「在這就沒問題了吧。」

她注視的不是鈴娜，而是自己（凱伊）。

「這女人也要做事喔。」

「來到這裡後，我和鈴娜就做好心理準備了。」

……令人驚訝。她明明那麼有自信。

……好戰的部分跟冥帝（凡妮沙）一樣，戰鬥方式卻完全相反。

不情緒用事，而是分析型。

夢魔姬很清楚機鋼種的威脅性和切除器官的駭人之處。在這個前提下，判斷需要自己（凱伊）及鈴娜的力量。

「喂，惡魔，別忘記老身。老身在精靈森林可是被叫巫女大人的。」

「妳應該可以拿來擋子彈。」

「喂——！」

「吵死了。我在追蹤法力，聲音那麼大會害我注意力分散。」

在三岔路往左。

在下一個岔路往右。不僅沒迷路，惡魔的腳步甚至愈來愈快。

牆壁對面是空曠的廣場。足以讓人類反旗軍拿來開會的寬敞空間。

「……欸，凱伊。」

海茵瑪莉露警戒地回頭。

指著凌亂地掉在廣場角落的鋼鐵碎片。

「就我看來，那好像是人類（你們）的機器？」

「……我也這麼認為。」

散落於墳墓內部的，是機械零件。

大量的螺絲、接頭、鋁框、調整螺栓、把手、握把、方向盤、彈簧、電纜、實心環掉在地上，連疑似子彈的東西都有。

每個都是等同於沒生鏽的全新品，但看起來並不像機鋼種身體的一部分。

很新。

「會不會這裡其實是人類（你們）的基地？」

「…………」

凱伊沒有回答她的問題，默默蹲在地上。

他將手伸向深灰色機械零件堆成的小山，從中拎起一個零件。

槍的零件。

「！凱伊，那莫非是汝的——」

「是亞龍爪的扳機。上面還有人類庇護廳的標誌。確定是真貨。」

冷汗滑落背脊。

……這座墳墓到底是？

……為什麼亞龍爪的零件在這？它可是只存在於正史的槍啊！

鈴娜似乎也發現了，臉色蒼白。

這裡究竟是什麼地方？

「海茵瑪莉露，這裡不是這個世界的地區。」

「什麼？那是怎樣？」

「不知道。我想說的是，之後發生什麼事、出現什麼東西都不奇怪。說實話，我甚至想立刻折返。」

太出乎意料了。

此處並非可以因為一時的好奇心踏入的地方。他們即將接觸世界的禁忌——現在的情況，讓凱伊差點被這種自我陶醉的想法束縛住。

「還是跟你們說一下，逃走的機鋼種的反應就在前方不遠處喔。」

白色廣場對面空出一個出入口。

本來是可供一名人類通過的大小，周圍的牆壁卻遭到破壞。推測是更巨大的生物勉強通過的痕跡。

「獵物近在眼前，你卻想折返？」

「……好。我們走到對面，之後再考慮要不要繼續前進。」

穿過廣場，前方又是迷宮。

唯一一個跟前面的迷宮不同的地方，是通道牆邊滿地都是疑似機械零件的東西。

各種零件淹沒通道。

「厲害。把工廠的廢棄零件全收集起來，都沒這麼多的量。」

「沒地方可以踩。機鋼種究竟有何企圖？」

「……不。這些廢棄零件大概一開始就在這裡。不是機鋼種弄的。」

牠們不可能有辦法弄到亞龍爪的零件。

這些全都是正史的零件，機鋼種是只存在於別史的新種族。兩者之間沒有共通點。

……機鋼種原本待在礦山的地下。

……在地下拓展巢穴的期間，挖到這個地方？

地板、牆壁、天花板都是純白色的迷宮。

大量機械零件散落一地的景色類似某種前衛藝術，難以理解。

「差不多在前方一百步。」

「直走就行？」

「當然。牠們停在那裡沒有移動，大概是發現我們追上來了。哎，沒差。」

約五十公尺。

夢魔姬在迷宮內直線前進。一行人在三岔路的底部，初次看到一扇巨大的門。

凱伊站在門前，厚重的機械門便自動開啟。

門後——

兩隻機鋼種倒在地上，停止運作。

目測可以跑百米的廣場，以及淹沒地面的無數機械零件。鋼鐵怪物像在沉睡似的，倒在沒有半點聲音的寂靜空間。

「哼，真無趣。」

拿出大鐮刀的惡魔少女，發出意義不明的嘆息。

「昏倒了？還是機器的話該說沒燃料……就算是好了，如果這裡是牠們的巢穴，我還以為會有更多呢。」

掃興。

海茵瑪莉露踢飛腳邊的機械零件，發洩怒氣。

零件喀啷喀啷地滾遠。

那是——

夢魔姬這輩子第一次經歷的「自滅」。

混雜在機械零件滾動的聲音中——

混雜在於空中飛舞的機械影子中——

堆積成山的機械零件，射出鋼鐵色的鎖鍊。速度比子彈更快。

凱伊、鈴娜、蕾蓮根本來不及反應。

「咦？」

惡魔少女豐滿的肉體被鎖鍊牢牢纏住，至今仍無法理解狀況，錯愕地眨眼。

「這、這是什麼……為什麼不能用法力——」

『弒魔鎖鍊。』

惡魔宛如被蜘蛛絲纏住的獵物，扭動身軀——

夢魔姬的肉體彈飛。

黑色血液噴出。

海茵瑪莉露的身體如同黑色炸彈爆炸般，灑下淒慘的血雨，被貫穿地板向上刺出的四把長槍射穿。

完全無法抵抗，用力撞在牆上。

「海茵瑪莉露！」

「…………」

沒有從牆壁落下。

有如被釘在十字架上的聖人，四肢被四把長槍貫穿，固定在牆上。

——處刑器具。

——不是魔女審判，而是制裁惡魔的鋼鐵十字架。

短短一秒。

英雄級惡魔以面目全非的姿態遭到「處刑」的畫面展現於眼前。

『奪取法力時，惡魔族的種族強度為〇．二。』

『奪取法具時，蠻神族的種族強度為〇．一四。』

『奪取武裝時，人類的種族強度為〇．〇〇一。』

迷宮晃動。

剛才凱伊等人走進的機械門，再度緩緩開啟。

鋼之生物的聲音不是從頭部傳出，而是胸部裝甲的排氣口。有如汽車引擎發出的巨大運轉聲。

『……妳太大意嘍。』

怪物開口。

用甜膩的聲音說道。

『若這就是舊種族，我們也不需要藏在地底了。』

全身以鋼鐵鎧甲覆蓋住的人馬。頭部是像龍一樣的尖銳三角形，上半身從肩膀長出四隻手臂。

外型和其他機鋼種如出一轍，不過。

顏色是鮮豔的血紅色。

鋼鐵肉體彷彿流著鮮紅血液，將鋼鐵染成紅色。

『我是掠奪者。集約生命體「Mother B」。』

1

修爾茲聯邦，西方的原生林——

面對通往火山湖的山路，北方與南方的傭兵們都忘記前進，觀察兩隻怪物的互動。

不。

是只能屏息以待。

『惡魔的英雄，鏡光還以為妳消失了。』

「那不是妳的推測，而是願望吧？」

兩種族的英雄相遇。

靈元首六元鏡光神情嚴肅，仔細觀察身材豐滿的夢魔。

冥帝凡妮沙則帶著好戰的笑容回望深藍少女。

雙方是第一次見面。她們雖然是北方（烏爾札）與南方（悠倫）的霸者，這兩個種族之間的抗爭可以說相對較少。

「貞德閣下。」

巴爾蒙克眉頭緊皺。

用連身後的部下都聽不見的細微音量說道。

「我好像聽見冥帝（那傢伙）說要殺了拉蘇耶……」

「嗯，我也是。」

貞德小聲回答。

兩位英雄何時會在這裡開戰？這股緊張感導致他們連眼睛都不敢眨，但反過來說，只要把握這個好機會，就會是無上的幸運。

而六元鏡光應該也明白。

『不是推測，是願望。原來如此，那鏡光順便再說一個願望。』

聖靈族少女用深藍色的手指，指向眼前的山路。

『那座火山湖是拉蘇耶的巢穴。』

「哦？」

『今天本來只想觀察情況。但如果妳要動手，鏡光也不是不能奉陪。』

「哈哈，妳想得真美，聖靈族。」

夢魔笑得胸部隨之晃動。

「用不著說，朕本來就有此打算。視線範圍內的東西統統可以拿來利用。那邊那個人類。沒錯，就是你。」

「！」

她指向獅子王巴爾蒙克。

「朕都說要滅掉幻獸族了，人類不會吝於協助吧？還是說——你比較喜歡人家這樣討好你？幫幫人家嘛？好不好？」

夢魔靈活地拋了個媚眼。

可愛嬌媚的聲音，讓人無法想像她是一夜將北方王都（烏爾札）化為廢墟的怪物，她還用泛著水光的雙眸熱情地環視悠倫人類反旗軍的士兵。

露出雙峰間的溝壑。

扭動身軀，吸引傭兵們的視線。

「啊哈。不錯的表情，別那麼警戒嘛。我是夢魔，對人類是心存善意的喔。好好相處吧？」

「……如果妳就是那個冥帝凡妮沙，提議要跟我們聯手對抗幻獸族，我求之不得。」

「嗯。當然嘍。所以這是我友好的證明。」

冥帝接近獅子王巴爾蒙克。

牽起他的手，將紅潤的雙唇湊近——

「來吧——」

『礙事。』

咻。

六元鏡光的指尖，刺向巴爾蒙克的脖子。

「……呃——！……妳、妳幹嘛…………！」

『你很礙事。走開。』

「！」

因凡妮沙的美貌而看得入迷的傭兵們猛然回神。

輪流看著倒下來的指揮官巴爾蒙克，以及將他抱在懷裡的聖靈族英雄。

「指、指揮官！」

『沒死。只是中了鈴蘭的毒，不能動。明天就會活蹦亂跳。這個人類笨歸笨，身體倒挺強壯的。』

為何突然出手？

冥帝凡妮沙面色凝重地注視她，抱著巴爾蒙克的六元鏡光卻毫不在意，走到貞德面前。

『……交給妳。』

「咦？」

『這個人類（巴爾蒙克）交給妳。雖然很笨，現在讓他死掉太可惜了。之後鏡光會來回收，在那之前記得給他飼料，好好管理。』

她在說什麼？

貞德、花琳及眾多人類反旗軍啞口無言，六元鏡光轉過身。

走向惡魔的英雄。

『鏡光和妳去就好。人類會礙手礙腳，所以不需要。』

「……哈，這是在妨礙朕嗎？」

『鏡光聽不懂妳在說什麼。』

兩位英雄背對抱著無法動彈的獅子王的貞德，以及上百名人類反旗軍，朝通往火山湖的道路邁步而出。

火山灰之路。

滿地火山岩的斜坡，推測是過去的大爆發造成的，惡魔及黏稠生物一句話都沒說，默默於其上前行。

兩人間的距離約五公尺。

以「並肩而行」來說太過遙遠的這段距離，如實反映出雙方的心理狀況。

共同作戰——

但絕對不會依靠對方。會利用，但不會信任。

「對了。」

凡妮沙低頭看著在地上滾動的火山岩。

「我的部下（海茵瑪莉露）說了件有趣的事。聖靈族英雄異常關心一個無聊的人類。」

『鏡光毫無頭緒。』

「妳挺會說人類的語言嘛，明明是聖靈族。像妳這種由黏液構成的身體，應該很難發出聲音才對。」

凡妮沙咯咯笑著。

笑了一陣子後。

「欸，為什麼要妨礙我『魅惑』他？」

夢魔勾人的聲音。

她用人類光聽見就可能淪為俘虜的魔性聲音，詢問深藍色的少女。

「如果妳真的不在乎人類，我去獵捕他們也無所謂。不是嗎？」

『這是我友好的證明。』

那是最強夢魔發動的傀儡詛咒。找一個人當成「宿主」，與宿主接觸的人則會產生連鎖反應，變成「活人偶」。

是過去支配王都烏爾札克，窮凶惡極的法術。

那個瞬間——

若凡妮沙的嘴脣碰到他，詛咒應該就發動了。以巴爾蒙克為引爆劑，支配悠倫人類反旗軍所有的傭兵。

「拉蘇耶可能會叫部下在一旁待命，那我當然也會想要部下嘍。還可以拿來當肉盾用。幹嘛妨礙我？」

『反正派不上用場。被幻獸族一踩就沒了。』

「妳不懂啦。要看使用方式。我覺得我比妳更會使用人類。」

『用夢魔的做法嗎？』

「這還用說。」

『那樣不行。』

聖靈族毫不留情地反駁。

『假如那個擁有世界座標之鑰的叫凱伊的人類，知道妳把人類當棋子用會怎麼樣？妳想再跟那名人類為敵嗎？』

「……啊。」

『妳該不會沒想到？』

「啊哈哈，我忘了。也是有這個可能。」

惡魔尷尬地笑著，以掩飾害羞。

「說得也是。要再跟他打一次也不是不行，不過要選的話，下次我想以夢魔的身分跟他交手。」

『勸妳不要。』

「……是是是。」

凡妮沙聳聳肩膀。

「所以妳喜歡那個人類嗎？為什麼那麼中意他呀？他看起來又不像凱伊一樣，屬於特別的人類。」

『煩死了，鏡光對人類才沒興趣。』

黏稠生物少女別過頭，夢魔看了反而更加壞心地想觀察她的表情。

「……！」

她停止動作。

嘴角的笑容凝結，連雙腿都跟著停止前進。

『怎麼了？』

「……………………」

在六元鏡光回頭的期間，冥帝凡妮沙眼神變得愈來愈銳利。

悠倫人類反旗軍的傭兵如果在場，想必會嚇得臉色發青。不是夢魔的那一面，而是立於惡魔頂點的暴君的真實面貌。

「封印法術的鋼。打算從根本封住惡魔的甦生術嗎……就算有海茵瑪莉露的生命力也撐不久。原來如此。妳說得沒錯，六元鏡光。」

『？』

「凱伊和鈴娜，沒與他們為敵是正確的。」

嘆息自惡魔的唇間洩出。

「不管他是希德的繼承人、轉世，抑或完全無關之人都不重要，沒想到朕會有依靠人類的一天。」

2

■■的墳墓，中層——

無數的機械零件，散落在牆壁、天花板、地板都由純白石頭製成的房間內。

零件在地上滾動的喀啦喀啦聲產生回音。

『舊種族，算你們倒楣。』

咚——笨重的衝擊聲傳遍四方。

伴隨堪比幻獸族的腳步聲，全身染成血紅色的人馬怪物，緩緩從門後走來。

短短數十秒前，凱伊一行人才從那扇門進來。

……牠在這邊埋伏？

……被引過來的是我們嗎？

一臺機鋼種都沒出現，也是用來將他們引到墳墓深處的陷阱。

『追著我的分身誤入此地。不曉得幾年沒遇到發現這座熔礦爐的舊種族了。不過你們運氣真不好。』

集約生命體Mother B。

明顯和之前的機鋼種不同。人馬怪物的四隻手，分別拿著四種不同的鎖鍊。

『處刑。』

擊碎地板的衝擊？還是聲音？

凱伊兩者都來不及反應，視線範圍就被紅色機鋼種填滿。

「咦……這、這什麼速度？凱伊！」

她直接從身旁穿過，鈴娜放聲驚呼。

異常的機動力。凱伊眨眼的瞬間，巨大的鋼鐵身軀已經逼近到他無處可逃的距離。

……根本不是生物會有的舉動。

……動作太超乎常理了！

第一步就是最高速度。

人類和野獸都需要「蹲下」這個預備動作來進行跳躍，這隻怪物卻沒有。如同在地上滑行的飛空艇，不動就能加速。

『你們抵達這裡之前，我一直在監視你們。看來你似乎是整個隊伍的中心呢。明明是人類。』

Mother B在跟凱伊只隔了數十公分的前方停下，有如俯視小狗的大人，目不轉睛地凝視他。

『所以要第一個處刑你。』

「別猶豫！」

「——————！」

精靈大喝一聲，阻止了準備以亞龍爪攻擊的凱伊。

別猶豫要不要使用它。

他握緊藏在左手的極小針筒。淡綠色溶液伴隨針刺的疼痛注入血管。

——靈藥「神血的一魂」。

Mother B揮下強而有力的手臂。想必連軍用車都能一擊粉碎的拳頭刺進地板，凱伊在千鈞一髮之際閃躲開來。

反應速度快到令機鋼種懷疑自己看錯。

『哦？』

「你就繼續那麼從容不迫吧。」

凱伊輕蔑地說，以驅趕劇烈跳動的心臟的疼痛。

……這就是精靈的戰鬥藥？

……都稀釋成四十倍了，還會對人類（我）的肉體造成這麼大的負擔嗎！

用一句話解釋，就是「興奮劑」。

加快反應速度及心跳速度，以提高敏捷度。是精靈、妖精、矮人等蠻神族發明的自我強化藥劑。

本來——

是凱伊為了與幻獸族（拉蘇耶）英雄再戰，請蕾蓮幫忙調製的靈藥。

……不能省。

……少了這個靈藥，不可能有辦法對抗這隻怪物的機動力。

『計畫變更。先將那把罕見的武器——』

喀啷——鎖鍊在凱伊腳下蠢動。

藏在機械零件山中的鋼鐵鎖鍊，如蛇般沿著凱伊的雙腿爬行，纏住亞龍爪。

『加入我的收藏品中。』

藉由奪走人類的武器，令其失去戰力——

纏住槍刀刀尖的鎖鍊以驚人的力道勒緊，企圖從凱伊手中搶走武器。〇．一秒——要是沒有靠精靈靈藥提升至極限的反應速度，凱伊八成會失去槍刀。

「既然只是鋼鐵，那就沒問題了。」

『……你說什麼？』

「略式亞龍彈。」

凱伊舉起亞龍爪，連同纏在上面的鎖鍊砸向牆壁。

——爆炸。

亞龍爪的刀尖炸開火花。足以撼動機鋼種巨大身軀的衝擊爆散，纏住刀刃的鎖鍊碎成粉末掉落。

『令人不悅。』

機鋼種的巨軀毫髮無傷。

儘管如此，Mother B依然跳向後方，推測是在警戒使用未知武器的凱伊。

……身體那麼大卻敏捷得嚇人，又慎重。

……不過！

Mother B藉由拉開距離得到「安全」。

他們則得到「時間」。

「蕾蓮！」

「…………那邊那個……精靈！」

凱伊和吐著血咆哮的夢魔姬同時開口。

「把這些長槍拔掉！」

即使四肢被四把長槍貫穿，釘在牆上，這名惡魔還是不死心地等待著。

等待解放的機會。

「快點……我……不能再生，快死掉了……！」

「嘖，傲慢的惡魔別命令蠻神族（老身）！」

惡魔少女被釘在十字架上。

蕾蓮正想拔出貫穿她左掌的長槍，發現一件事，瞬間語塞。

沒辦法握。

槍柄部分長滿尖刺，有如玫瑰的莖。若想握住槍柄將其拔出，蕾蓮的手會被刺得鮮血淋漓。

「感、感覺好痛，老身非得握住它嗎！」

「我可是直接被那東西刺穿耶……還因為法力被打亂的關係不能再生……」

滴滴答答，惡魔流出的血液在地面積成黑色血泊。

「唔，這是伊里斯礦石嗎！」

凱伊的略式精靈彈也是用這種礦石製成。

這種礦石能讓法力擴散。它刺進了惡魔的體內，害法力徹底失去控制。

「我沒要妳說明……快點……！」

「老身明白！」

蕾蓮做好覺悟，使勁抓住長滿利刺的槍柄。

掌心傳來被上百根針刺中的劇痛。跟被刀刃砍傷的銳利痛楚又不太一樣，漸漸加強的疼痛導致意識逐漸模糊。

「嗚……啊……唔。這點疼痛不足掛齒！」

精靈的血滴落。

她咬緊下唇，拔出第一把槍扔到地上。

「……快……我沒辦法治傷…………」

「知道！可惡，汝欠老身一個人情！」

『傷腦筋。』

咚——踩碎地板的腳步聲迴盪。

第五根鋼鐵長槍，從血色機鋼種Mother B的腳下升起。

『惡魔（那個）已經是我的收藏品。抓到好東西是不錯，但與其被收藏品反咬一口，還是早點處刑吧。』

目標是惡魔的心臟。

鋼鐵怪物像在拉弓似的，朝法力被封住，動彈不得的惡魔少女舉起長槍。

「想、想點辦法啊，凱伊，鈴娜！」

『沒用的。弱小的舊種族阻止不了我。』

牠上半身後仰，瞄準目標。

樹幹粗的鋼鐵手臂發出沉悶聲響，變得更加龐大。

無法妨礙。

就算這個瞬間有輛戰車用力撞上去，也撼動不了機鋼種的巨軀吧。

因此Mother B沒發現。

擁有天魔之翼的少女，直線從頭上急速下降。

「等一下！」

『……？』

「夢魔，我只救妳這一次喔！」

Mother B「喀鏘」一聲跪在地上。

因為機鋼種一腳就能踩扁的渺小生物（鈴娜），使出全力撞向Mother B的膝蓋，靠蠻力打亂牠

的姿勢。

衝擊力堪比幻獸族的衝撞。

『什麼！』

鋼之巨人傾斜。

射出去的長槍偏離目標，刺中離海茵瑪莉露的頭部一公尺遠的牆壁。

「平胸精靈，要救人的話快一點！」

「別、別催！」

喀啷，第二把長槍掉在地上。

被槍柄的刺刺傷的精靈巫女，看著自己染紅的手掌，吐出苦悶的嘆息。

「還有兩根。唔……再說一遍，汝欠老身一個人情啊。本來蠻神族幫助惡魔這種事，可是太陽打西邊出來都不會發生的。聽見沒？」

「————」

「喂、喂！」

夢魔姬一動也不動。

頭部無力地垂下，連嘴唇都沒在動。精靈巫女抬頭看著她，咬緊牙關。

「……啊啊真是，會有點痛，做好覺悟吧。老身要一口氣拔出來了！」

精靈握住貫穿惡魔的長槍。

彎腰將全身的體重施加在其上，腳下瞬間染成鋼色。

『露天礦唱「世界的暗號是『鋼』」。』

迅速擴散開來。

從機鋼種腳下生出的鋼鐵，像黴菌增殖般覆蓋白色墳墓的牆壁。

『珍品。』

類似排氣聲的笑聲傳遍四方。Mother B晃動著鋼鐵巨軀，分別用四隻手臂指向四隻獵物。

人類（凱伊）、混血種（鈴娜）、蠻神族（蕾蓮）、惡魔族（海茵瑪莉露）——

彷彿要用四隻手臂舔舐他們，指向四種族。

『全是珍品。以收集舊種族來說，沒有比這些更好的貨色。休想逃走。瞧，整間房間都被鋼鐵覆蓋住了。沒有出口。』

「……打倒你之後，我們再慢慢離開就行。」

『真有活力。這裡可是我們的熔礦爐，我的分身們會給予我無限的力量。』

分身們？

是指其他機鋼種嗎？

既然這裡是機鋼種的巢穴，凱伊自然也會一直戒備Mother B以外的敵人何時會出現。

『你是這麼想的吧。』

「！」

『剛才，你在擔心「我的分身」是指什麼、會不會有其他敵人出現對吧？』

「……所以呢？」

『不會。因為牠們忙著轉動大發條。』

銀色法術圓環——

那是正史的人類庇護廳從未觀測到的新型法力。

『露天礦唱「機械機關之神的大發條」。』

發條——

驅動所有機器的動力根源。裝在機械式手錶的齒輪上的這個零件，最佳素材就是鋼。

……雖然我也只記得一點原理。

……往右轉積蓄的力道，會化為往左轉的能量解放。

也就是讓能量逆轉的機關。

『法陣已經構成。』

「什、什麼東西！在虛張聲勢嗎！」

於蕾蓮腳下發光的圓環，只是閃耀著光輝，什麼事都沒發生。

到目前為止，幾乎沒看過機鋼種使用法術的痕跡。全是機械式的機關，再配合法力驅動。

既然如此，大發條又是？

『這裡（墳墓）是我們發現前就存在的場所。用來當我們的熔礦爐再適合不過。我想表達的意思是……看，剛好有顆不錯的石頭。』

Mother B將手伸進機械零件堆成的山。

拎起直徑數十公分的巨大螺絲。

『乖乖被砸爛吧！』

螺絲如同子彈般射出。

目標是想幫惡魔拔出長槍的精靈。蕾蓮當然也預測到她的行動，以靈裝應戰。

「七姬守護陣，回應老身！」

靈裝如斗篷似的隨風飄揚，包覆住飛來的鋼塊。

設有防禦結界的那塊布，是能防住人類機關槍掃射的強力防具。七層的布料試圖擋下鋼塊。

被突破了。

啪哩——靈衣像薄紙一樣被鋼塊貫穿，擊中嬌小的精靈，凱伊目睹了那一瞬間。

「……呃…………啊…………！」

精靈雙眼混濁。

比在場所有人都還要無法理解她為何受傷的，大概是蕾蓮自己。

『在我的法陣中，法力和法具都無效。』

她撞在牆上，癱倒在地。

怪物理所當然似的俯視她，嘲笑道。

『熔礦爐裡所有的分身，都將力量全用在展開大發條之陣上。靠逆轉的能量力場抵銷你們的法力。剩下的只有種族的肉體強度。』

Mother B轉過身。

這隻狡猾的怪物沒有忘記，鈴娜的力氣大到能用蠻力妨礙牠扔出長槍。但回頭一看，少女（鈴娜）卻沒有站在地上。

『哎呀，這還真是……』

「…………嗚……」

「鈴娜！」

她倒在被鋼鐵覆蓋的地板上，動彈不得。

有意識，全身卻在不停抽搐，想爬起來也沒力氣。是因為大發條之陣打亂了她的力量？就算這樣，未免太有效了。

……只有鈴娜症狀特別嚴重。怎麼會有這種事！

……難道跟當時一樣！

凱伊想起來了——

浮現腦海的畫面，是在王都烏爾札克跟凡妮沙交戰時，鈴娜身上發生過類似的現象。

惡魔設置在政府宮殿的陣式，跟這一模一樣。

『這裡是朕的地盤，會防範其他種族的侵略也是當然之舉吧。』

『廣範圍的詛咒——朕設下了用以阻礙法力的詛咒陣式。這一共有三層，分別是針對聖靈族、幻獸族和蠻神族的玩意兒。』

封印法力——

原理雖然不同，不過惡魔和機鋼種設下的是同類型的陷阱。

對於擁有所有種族特性的鈴娜來說，這個結界會發揮堪稱天敵的效果。因為她等於會重複受到針對各種族的詛咒。

「鈴娜！」

凱伊因一時衝動，呼喚了她的名字——立刻為那下意識的行為後悔。這樣Mother B會

知道鈴娜正身陷危機。

『看來她不是裝的。』

「！」

凱伊離Mother B有段距離，鈴娜則倒在Mother B腳邊。

趕不上。

『處刑。』

機鋼種的手長出鋼鐵斧頭。

目的不是砍，而是壓碎目標的利刃，朝鈴娜的後腦杓揮下。

——「世界種」不會因為「■■完全消滅」以外的任何命運消滅。

——切除死亡的命運。

怪物的斧頭被擋住了。

被由璀璨陽光色籠罩的少女擋住。

「————」

『妳！那道光是……竟然不是法力……！』

在大發條之陣的範圍內，法力會失去效用。

從鈴娜身上溢出的光芒卻愈來愈強。隱隱於額頭、上臂亮起的圖紋，大概是聖靈族因子的顯現。

能夠接住Mother B的斧頭的異常臂力，是幻獸族的力量。

「這種虛假的結界，我最討厭了！」

拳頭砸穿地板。

被鋼鐵覆蓋的空間沐浴在陽光色光芒下，迅速恢復成原本白色墳墓的牆壁。

——遭到竄改的空間，也就是遭到竄改的世界，正在逐漸修正。

就凱伊看來是這個情況。

『破解了大發條之陣？妳這傢伙！』

Mother B逼近鈴娜，企圖抓住她。

巨大的身軀反而被鈴娜揮出的拳頭擊飛。

裝甲裂開。連厚重的鋼鐵都能扭曲的強大衝擊，穿透鋼之巨人的防禦。

『這囂張的力量……妳是幻獸族嗎！但妳休想再動一步！』

——露天礦唱「封印森羅萬象的牢籠」。

鐵籠從鋼鐵天花板降下。

用數十根鐵棒從四方包圍獵物，拘束全身。如Mother B所說，應該是用來困住發狂的幻獸族的術式。

而那些鐵棒——

靜靜穿過鈴娜的肉體，有如從水裡穿過的鎖鍊。

沒錯。

黏稠生物和幽靈之類的聖靈族，不會受到鐵的束縛。

『！妳的身體是什麼構造！』

「才不告訴妳！」

鈴娜的拳頭再度刺向踉蹌的機鋼種。

機械零件發出悲鳴。鈴娜預測到厭惡不存在於資料庫的種族的Mother B會向後跳，蹬地躍向空中。

『？』

然後直接摔在地上。

「……………嗚……為什麼？……」

鈴娜摔倒了。

突然全身無力，站都站不住，也爬不起來。

『這是妳勉強自己，抵抗世界輪迴加速的副作用。』

『注意別在無法控制的狀態下，過度使用那股力量。』

祈子阿絲菈索拉卡的預言。

世上僅有一隻的「鈴娜的同族」。如此自稱的預言神的警告，此刻成為現實。

『喔喔，真可怕。我不知道妳是什麼種族，但既然妳耗盡力量了——』

「耗盡力量？不對。」

Mother B逼近鈴娜。

凱伊比她更快衝向鋼鐵巨人，從倒地的鈴娜背上跳過去，順勢揮下亞龍爪。

「只是換人上場而已。」

目標是裝甲的龜裂處——

再一擊。機鋼種的鎧甲被鈴娜的拳頭打出裂痕，只要一點衝擊，肯定會徹底粉碎。

『別得意了，舊種族！就算大發條之陣被破解，這裡可是我們的熔礦爐！』

被改造成機鋼種巢穴的墳墓。

天花板及地板同時碎裂，從底下射出如蛇般扭動著的鎖鍊。數十條鎖鍊射向凱伊的右手。

……目標是我的亞龍爪？

……這傢伙到底多難纏！

若想守住亞龍爪，凱伊會被鎖鍊纏住。

扔掉亞龍爪的話，應該勉強閃得掉，然而失去武器的人類，可以說毫無戰鬥能力。
瞬間的躊躇——
Mother B粗壯的手臂，使勁將鈴娜扔向凱伊。
「鈴娜！」
『接好。她不是你重要的同伴嗎？』
閃不掉。
凱伊用全身接住像子彈一樣被丟過來的鈴娜，背部直接用力撞上牆壁。
「唔！」
亞龍爪掉在地上。
若凱伊不扔掉槍刀，刀尖就會貫穿鈴娜。Mother B預料到這一點，才選擇把鈴娜丟過去。
『你終於扔掉那把怪槍了。』
機鋼種低頭看著抱住鈴娜的凱伊。
『不錯的畫面。我就把你跟那個重要的同伴一起處刑吧。』
「哈，開什麼玩笑。」
無畏的冷笑從機鋼種身後傳來。
過度警戒身分不明的鈴娜，以及使用不明槍械的凱伊，導致Mother B沒有發現。

大發條之陣消失了——

所有法力恢復的瞬間，背後發生了什麼事。

「那個混血的是重要的同伴？頂多算我的僕人。」

夢魔姬重獲自由。

將這位惡魔少女釘在牆上的四把長槍，全部拔出來了。

「…………該死。」

精靈的手沾滿鮮血。

帶著重傷把槍拔出來的蕾蓮倒在地上。

「……汝要是沒派上半點用場…………老身絕不會原諒汝……惡魔……！」

「少命令我，精靈！」

惡魔噴出黑血飛上天。四肢都被鋼鐵長槍貫穿，依然釋放出驚人的殺氣，集中法力。

在手中召喚出一把大鐮刀。

『殺氣是很有氣勢，不過沒用的，舊種族。』

露天礦唱「金剛曼荼羅」。

鋼鐵怪物的手臂逐漸被鑽石結晶覆蓋。自然界硬度最強的礦石，化為世上最美麗的寶石盾，擋在夢魔姬面前。

『憑妳這種貨色是無法貫穿的！』

「你想說的就這些？」

鑽石的光芒彈開。

惡魔的大鐮將硬度最強的盾牌連同Mother B一起斬裂。破壞裝甲的龜裂處，也砍斷了推測是血管的動力纜線。

『————————！』

「哈，活該。」

——喀啷。

鐮刀自力量耗盡的惡魔手中滑落。遠遠跑到機鋼種背後的雙腳也停止狂奔，不久後倒向地面。

然而。

紅色巨人沒有倒下。

『……可惜！太可惜了，舊種族！』

類似柴油的血液，從動力纜線滴落。

猛烈的蒸氣自碎掉的裝甲縫隙噴出，換成人類，應該是呼吸困難的證明。

儘管如此，Mother B仍未停止嘲笑。

『差了那麼一步。不，是慢了那麼一步！』

堪稱完美。

夢魔姬海茵瑪莉露，帶著完美的殺意衝到Mother B身前，破壞了鋼鐵身軀的一部分。

不夠的是速度。

倘若——

海茵瑪莉露的腳沒被長槍貫穿，理應可以靠翅膀加速狂奔，徹底破壞牠。

『可悲。那就是妳的極限。』

真正可怕的是Mother B的機智。

來不及防禦，所以後退一步。牠在那一瞬間，得出後退一步便足矣這個最佳解。

這是長久以來在地底觀察五種族，培養出的反應速度。

因此——

「奪取武裝時，人類的種族強度為○．○○一……是嗎？」

牠沒能看穿。

失去武器的人類(凱伊)採取的行動，超越了Mother B的機智。

「那你說說看。」

地板發出細微的金屬碰撞聲。

「獲得武器的人類強度是多少？」

凱伊撿起海茵瑪莉露的大鐮刀。

滑行到鋼之怪物面前。

『——怎麼可能！』

Mother B無法理解。

人類竟然會拿用惡魔的法力製造的鐮刀當武器。惡魔的武器需要法力來維持形體。

而人類沒有法力。

不會發生「人類得到法力」這種奇蹟。那是種族差異。努力或才能都無法實現。

「有可能。」

『什麼！』

「就算人類辦不到，借助其他種族的力量就行。」

精靈的靈藥「神血的一魂」。

蠻神族的靈藥蘊含強大的法力。那過於強力的藥效，副作用會讓人類喝下去後暫時擁有法力。

借助蠻神族的力量——

人類就能夠使用惡魔族的武器。

『你！』

惡魔的一閃。

凱伊全力揮下的刀刃，這次徹底斬斷了紅色機鋼種。

『……………………』

啪哩，啪哩。

鋼鐵薄膜從機鋼種的身體剝落，掉在地上。數十片、數百片、數千片，宛如深灰色的鱗片逐漸剝落，碎片堆積成山。

『哈哈！』

人馬怪物站在原地，喃喃說道。

『……真好笑，人類……』

Mother B的全身化為鋼鐵碎片崩壞。

持續笑著。

『從蠻神族手中得到靈藥……從惡魔族手中得到武器……最後，還帶著那個混血的…………你……』

——你想成為世界種族之王嗎？

然後——

鮮紅色機鋼種，淪為紅色鋼鐵碎片消滅。

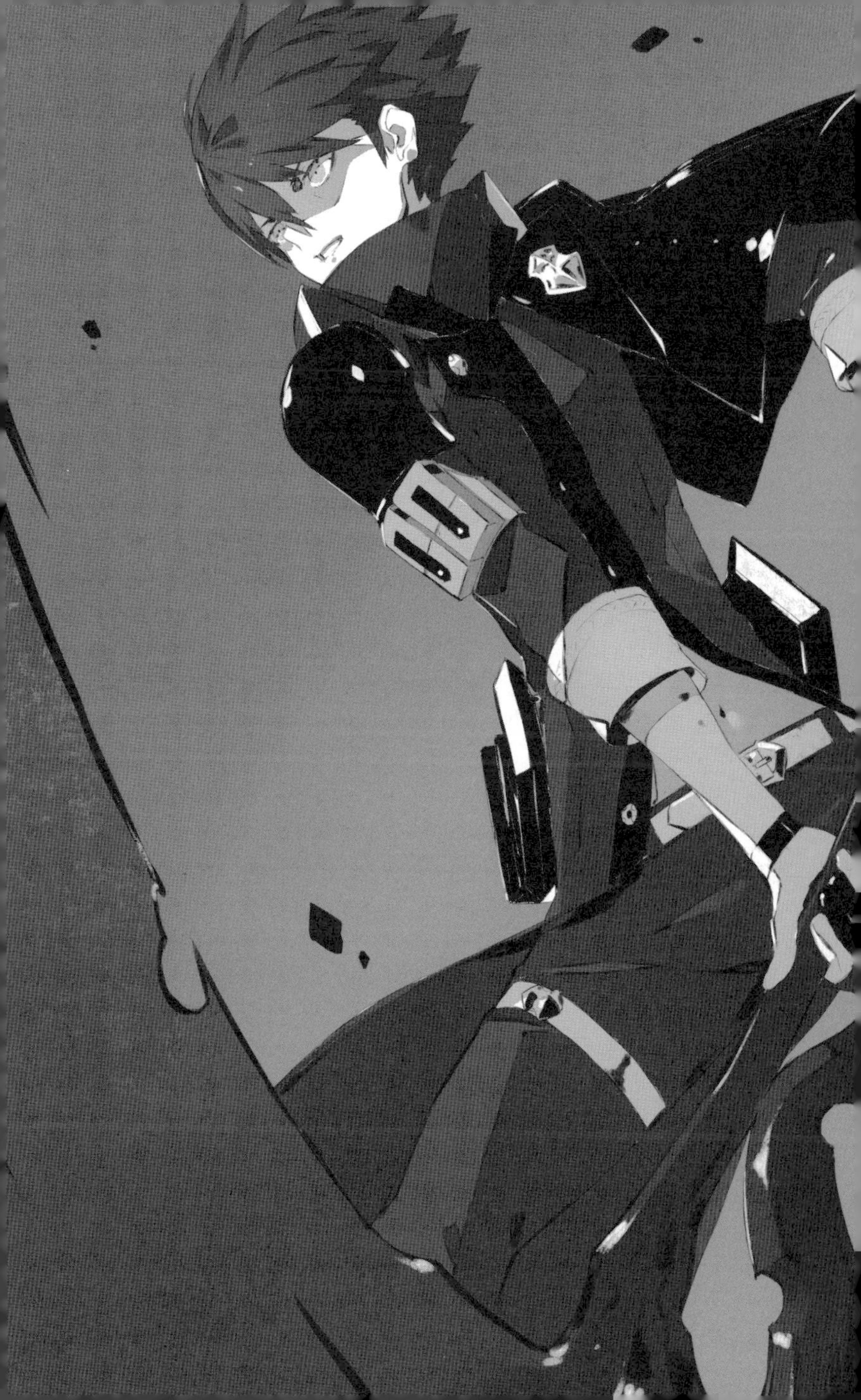

3

白色墳墓。

一行人在散落無數機械零件的道路上緩慢前進。

「…………呼……嗚……呼……這個慢吞吞的精靈，才四把長槍而已，竟然花那麼多時間才拔出來……」

「被那四把長槍釘住的惡魔住口……老身的手都傷成這樣了。」

「我可是全身是傷耶。唉——搞不好要花幾年才能再生。」

走在凱伊後面的夢魔姬和精靈，吐著血吵個不停。

換成人類受那麼重的傷，會因為失血過多危及性命，這兩個人卻還有餘力比賽「誰傷勢較重」的樣子。

「討厭，人家的衣服都破了。這樣跟裸體一樣，會被凱伊看光的。欸，凱伊，好不好奇呀？想看我的裸體嗎？」

「————」

「人類！我真的差點沒命耶，好歹轉頭擔心我一下吧？」

「轉過去不就看見了？」

「所以我才叫你轉頭。看看看，我幾乎全裸喲。你不想看夢魔的裸體嗎？」

「看來前面還有路。」

「又無視我！」

「我在認真集中精神啦。」

純白的石造通道。

鋼鐵怪物們倒在散發朦朧光芒的牆角。

『————』

倒在走道上。他們看到的約有二十隻，不過假如這裡是機鋼種的巢穴，整座墳墓推測會多達上百隻。

每一隻都停止運作，沉默不動。

凱伊從旁邊經過，也沒有要攻擊他的跡象。機械生物彷彿耗盡了燃料。

「我剛才不也說了嗎？這些傢伙暫時動不了。」

叩。

海茵瑪莉露踢了下機鋼種的表面。

「是叫『大發條』嗎？簡單地說，牠們統統聚集起來，展開能將範圍這麼大的法力抑制住的結界。我就覺得奇怪，光一隻不可能有辦法展開抑制得住我的法力的結界。」

「這些傢伙也派出全部的兵力了。」

「……哼，等我徹底恢復，就把你們統統拆掉。做好覺悟吧。」

海茵瑪莉露憤怒地拋下一句狠話。

「所以那個叫鈴娜的跑到哪裡去了？說什麼要去探路，故作貼心，結果到現在還沒回來。」

「可見前面的路有多長……喔，說人人到。」

這時。

鈴娜正好從前方的通道探出頭。

「凱伊，沒有路了。」

「終於抵達最深處了嗎。」

「可是……」

鈴娜支支吾吾地說。

「好奇怪……那個，總之你過來！」

鈴娜奔向轉角。

凱伊、蕾蓮、海茵瑪莉露三人追在後面，如鈴娜所說，前面是死路。

——通道盡頭。

沒有房間也沒有任何東西。只是個用牆壁堵住走道的空間。兩尊「人偶」倒在那裡。

遭到破壞的切除器官，以及半毀的機器人偶。

「……這、這是……！」

蕾蓮驅使傷痕累累的身體向後跳。

切除器官——擁有粗壯的龍尾，左臂手肘後面的部分是大蛇頭部的異形怪物。他們遭遇過好幾次切除器官，不過從來沒看過外型跟這隻相同的。

牠四肢碎裂，仰倒在地上。

「這就是攻擊凡妮沙姊姊大人的切除器官之一？」

夢魘姬踩住怪物的手臂。

往牠身上踩了好幾下，慎重地確定牠不會動。

「哦？有點意外。還以為是多可怕的怪物，結果一下就被打倒了嘛。八成是機鋼種幹的好事。」

「……難說。」

「咦？」

「妳認為機鋼種會放任這隻可疑的怪物，進到這麼深入的區域嗎？」

沒道理讓牠侵入到此處。

照理說，當牠出現在機鋼種巢穴的瞬間，牠們就會發動攻擊，既然如此，切除器官倒在這邊並不合理。

「那是怎樣？」

「順序或許反過來了。我猜牠更早之前就倒在這裡，機鋼種發現墳墓的時候，切除器官已經倒在這邊了吧？」

之所以無法斷言，是因為凱伊自己也沒釐清其他疑惑。

……假如打倒這隻切除器官的不是機鋼種。

……究竟是誰打倒了這隻怪物？

旁邊。

表面由強化塑膠製成的機器人偶，靠在牆上倒在那裡。臉部是四角形，眼睛的部位只有嵌入小型識別用探測器，可以說是原始的機器人。

「機器人偶？正史好像有跟這傢伙類似的東西……」

五種族大戰的遺產。

人類製造的兵器之一，但並未用在戰場上。因為以當時的技術來說，想製造能與強大的異族抗衡的機器人偶比登天還難。

……果然。在這座白色墳墓裡面的機器，全是正史發明的東西。

……而且非常舊。

凱伊望向機器人偶的胸口。

全身布滿小裂痕，胸部的裝甲損傷則最為嚴重。簡直像……有人企圖硬把它撬開來的痕跡。

「……沒有可以打開它的工具。」

「什麼嘛，這種東西隨手破壞掉不就行了。這點小事由我——」

「該鈴娜出場了。」

「喂，夢魔！要是妳讓凱伊感到困擾，我絕不饒妳！」

海茵瑪莉露緩緩伸手，鈴娜從後面牢牢架住她，把她往後拖。

「唔！妳、妳幹嘛！我只是要幫忙打開它啊！」

「要是妳對它施加會破壞裝甲的衝擊，連內部都會壞掉吧。先到外面去。鐵屑之都（亞基特）有一堆工具可用。」

凱伊將機器人偶扛在背上。

……跟切除器官一起倒在這座純白墳墓的中心？

……這尊人偶是什麼？

一行人在走道上邁步而出。

必須沿著礦坑的道路往回走，回到鐵屑之都（亞基特）。

「海茵瑪莉露，那邊現在怎麼樣了？貞德他們的狀況，妳掌握得一清二楚吧。」

「那邊？噢，好像要開始了。」

「什麼東西？」

「三英雄的互相殘殺。」

夢魔姬擦掉嘴脣上的血液。

用消去感情的聲音接著說。

「肯定沒人能阻止。好了，誰會倖存下來呢？」

火山湖——

遠古時代。標高兩千公尺的火山因大噴發而爆炸後，形成巨大的湖泊。

湖水被雄偉的原生林包圍，顏色是水彩般的深邃蒼穹色。湖畔一帶此刻充斥著鳥鳴。

陌生的存在——

是針對出現在森林裡的侵入者發出的警戒鳴叫聲。

「人類真不擅長隱藏腳步聲。就算你們泡在泥巴裡消除體味、靠迷彩偽裝也沒用，一旦發出腳步聲，鳥兒們就會逃走。」

啪唰。

炎之獸人——拉蘇耶滴著水游到湖邊，愉悅地揚起嘴角露出利牙。

「兩個地方的鳥在叫。也就是兩位希德。同時在往這邊過來。」

傭兵王阿凱因・希德・柯拉特拉爾。

人類兵器特蕾莎・希德・菲克。

人數也大概能從鳥群的鳴叫聲推測出。雙方都只有數名成員。似乎只率領一部分的部下，朝這座山的山頂前進。

「虧你們知道這裡是我的巢穴。除了我以外的幻獸族幾乎都在舊王都（拉克賈爾·夏），通常會盯上那邊吧。」

溼透的身體迅速乾燥。

拉蘇耶是紅獅子。

被奉為火焰化身的這名獸人，毛皮表面時常在燃燒。連冰河都無法令其凍結。

「有東西在引導他們。」

獸人瞇起眼睛。

語氣輕快，內心卻沒有絲毫喜悅。

「那就直接問好了。快過來吧，『沒能成為希德的人們』。就算你們是希德的仿造品，正史也不會重現。」

牙皇（拉蘇耶）在正史敗給希德。

不會重蹈覆轍。不如說想重蹈覆轍也辦不到，拉蘇耶很清楚。

背後——

鮮紅獸人的耳朵動了下。

踩在草地上的細微聲響。有人從背後接近拉蘇耶，沒被這座原生林的蟲鳥發現。

「哦？」

用不著回頭。

拉蘇耶的嗅覺鼻子，聞到現身於後方的侵入者的氣味。

惡魔及聖靈。

說得更清楚一點，是夢魔及黏稠生物，他只想得到一種可能。

「我還以為要先收拾掉希德的仿造品，結果妳們先來啦……歡迎，我是第一次見到妳對吧，惡魔的首腦。」

「你就是拉蘇耶嗎？比想像中可愛。」

冥帝凡妮沙站在火山湖頂端。

旁邊是維持沉默的靈元首六元鏡光。面對兩種族的英雄，獸人誇張地點頭。

「……噢，對了，妳們認識叫凱伊的人類吧？擁有跟正史的希德同樣的劍的傢伙。就是那把世界座標之鑰。」

「那又如何？」

「我有件事想確認。五種族大戰過後，希德跟妳們說了什麼？」

僅有這三隻知道的正史歷史——

五種族大戰結束後，希德將四種族封印於墳墓，十幾年後，他不知為何主動踏進墳墓。

尋找四種族的英雄。

希德出現在親手打倒的英雄們面前，在那說了什麼。

「朕記得。」

我接受你的挑釁——

冥帝凡妮沙帶著好戰的冷笑，首先點頭。

「因為希德將世界座標之鑰交給了朕，而不是別人。」

『鏡光也記得。』

「我想也是。但妳們應該也沒完全聽懂希德的意思。我也一樣。據我推測，希德的預言分成了四等分。」

四英雄各一句——

將原本的預言分割，藉此加密。拉蘇耶也不清楚理由，但他想像得出是什麼樣的預言。

「希德知道大始祖的存在。預言內容八成是那個。把那傢伙的預言組合起來，就能查明大始祖的身分。」

「哈。那是你自以為是的推測吧？」

「聽了不高興嗎，冥帝？」

「行。」

最強的夢魔帶著淡淡的苦笑，聳肩回答。

「朕有興趣。因為朕一直很好奇，那男人對朕說過的話有何意義。」

『……鏡光也不介意。但鏡光有點不滿。』

深藍少女接著說。

『最該在場的人不在。這件事應該要在擁有世界座標之鑰的人在場的情況下談。』

「由妳轉告不就得了？六元鏡光。前提是妳活得下來。」

炎之獸人展開雙臂。

仰望天空，彷彿要把這句話講給上天聽。

「所有的謎團都會在此揭曉。站到最後的人，就能獨占希德的預言。」

無人的礦山都市。

居民全數撤離的鐵屑之都亞基特化為空城，市內的機械工房中。

『嗯，咱們正在把居民載到電波塔，一切順利。修爾茲人類反旗軍也說會派援軍來。交接完後立刻去接你們。』

「麻煩了。這邊有一堆傷患，要是幻獸族在這個時候來襲，實在撐不住。」

凱伊一面跟莎琪交談，一面望向後方。

……用橫屍遍野來形容，她們可能會生氣。

……但真的是這樣。

工房裡面的休息室——

平常是用來給人類工匠午睡的房間，現在躺在裡面的，則是異種族的少女們。

每個人都精疲力竭，沒有要醒來的跡象。

「……唔喵……呵呵，凱伊，抓到你了——」

「……嗯──凱伊，你真大膽……呵呵，來吧。由我這個惡魔讓你好好享受一番。」

「……呼……唔，凱伊，汝竟然如此熱情地抱過來……這、這怎麼行。汝和老身種族不同……」

睡得十分幸福。

順帶一提，蠻神族（蕾蓮）睡在中間，混血種（鈴娜）及惡魔（海茵瑪莉露）從兩側抱住她，相當珍貴的畫面。

……怎麼這麼沒戒心？

……難以相信她們真的是跟對方血戰過的異族。

要是有攝影機。

把這一幕錄下來公開，包含人類在內的五種族不知道會作何反應。

『凱伊，喂，凱伊？』

「……噢。抱歉，我在想事情。幫我問候一下正在開車的阿修蘭，叫他注意安全。」

通話中斷。

之後就等莎琪跟阿修蘭開車回到這座城市。不過三位少女在那之前，八成不會醒來。

「……我來繼續工作吧。」

凱伊坐到地上。

──裂開的機器人偶。

外殼是強化塑膠。胸部裝甲上有人試圖撬開的痕跡，凱伊轉開螺絲，拿掉蓋子。

「是這個嗎……？」

積體電路不停閃爍。

上面裝著名為ＩＣ晶片的情報記錄功能，以及疑似開關的凹凸裝置。

內部電源還有電固然令人驚訝，不過。

……這個ＩＣ晶片是？

……明顯是後來裝上的。製造者以外的人事後安裝的。

也就是說，這不是機器人偶的啟動開關。

「這個ＩＣ晶片有什麼蹊蹺嗎？」

他碰觸開關。

切除器官倒在這尊人偶旁邊。凱伊想起那個畫面，啟動閃爍的電路。

聽見刺耳的雜音。

「沒反應？」

時間過太久了。

凱伊早已做好ＩＣ晶片嚴重劣化的心理準備，但他還是跪在機器人偶旁邊，默默等了將近一分鐘。

『這————這————這裡是————』

微弱的聲音混雜在嚴重的雜音中。

沙啞的老者聲音。

……怎麼回事？

……我好像在哪聽過這個聲音。

想不起來是何時聽過的。

不是親近之人的聲音。頂多在擦身而過時聽見一兩次，因此留下印象的某人的聲音——僅僅是這種程度的記憶。

那個聲音——

『這裡是人類的墳墓。』

『是大始祖隱藏的第五座封印領域。五種族大戰時雖然沒有用到，我必須留下訊息，告訴你們這裡曾經存在過……』

汗毛倒豎。

從未感覺過的恐懼——

他為切除器官散發出的詭異氣息害怕過，也為冥帝凡妮沙的力量恐懼過。然而，這還是他第一次為一個人說的話不寒而慄。

「喂、喂，慢著！什麼意思？」

他抱起仰躺在地上的機器人偶。

明知可能會吵醒鈴娜她們，凱伊仍然控制不住從喉嚨湧上的衝動。

「人類的墳墓……那座純白墳墓，原來是用來封印人類的墳墓嗎！」

他從未懷疑過。

四聯邦各一座，共四座墳墓。聽起來太過合理，因此他從沒想過第五座墳墓的存在。

『我再說一遍，墳墓（這裡）沒有使用過。因為包含我在內的人類，統統沒發現大始祖的陰謀，直到最後。人類都沒有被視為威脅。』

「大始祖……不，你剛才說了『包含我在內的人類』……說起來，『我』又是誰？你究竟是什麼人！」

對方不可能回答。

因為這是ＩＣ晶片自動播放錄製的聲音。聲音的主人不可能在如此剛好的時機回答——

正因為他這麼想。

『……先知希德，人們曾經這麼稱呼我。』

『這是扭曲了世界命運的大罪人的名字。我不會希望別人記住。』

凱伊才會為之語塞。

後記

那位大罪人名為——

感謝各位購買《世界遺忘》第五集！

始終謎團重重的「這個世界的希德」，揭開了一點神祕的面紗，細音我自己寫起來也興奮不已。

我個人很喜歡新女角夢魔姬海茵瑪莉露。

另外，她手下的魔獸「死戰烏鴉」來自細音的上一部作品《世界末日的世界錄》，算是一個小彩蛋。（有讀者記得嗎？）……第五集蘊含許多要素，希望能讓各位看得開心。

接著是漫畫版的消息。

《世界遺忘》漫畫版，在月刊《Comic Alive》上連載中。

拜ありかん老師的熱情及超精美作畫所賜，第一集剛發售就大量再版了。第二集也預計在十一月發售，希望一樣能讓各位看得開心！

※請容細音花一點篇幅介紹同時進行的其他作品。

●Fantasia文庫

《這是你與我的最後戰場，或是開創世界的聖戰》（簡稱《最後聖戰》）

在戰場兵刃相向的劍士與魔女公主的傳奇奇幻故事。

這部作品竟然在ＢｏｏｋＷａｌｋｅｒ主辦的「新作輕小說總選舉２０１８」比賽上，從上百部新作輕小說裡脫穎而出，奪得第三名的佳績！

反應十分熱烈，大受歡迎，還沒看過的讀者如果願意一讀，細音會很高興的。

最後——

想出海茵瑪莉露這麼棒的人設的ｎｅｃｏ老師、細心地幫我看稿的責編Ｎ大人，這次也感謝您們。

最需要感謝的是願意拿起本作閱讀的各位讀者，細音在此致上深深的謝意。

但願接下來能在今年冬天發售的《最後聖戰》第六集。

以及明年二月左右發售的《世界遺忘》第六集跟各位見面！

於初秋　細音啓

https://twitter.com/sazanek　※我會在推特上公布新書上市的消息，歡迎追蹤。

國家圖書館出版品預行編目資料

為何我的世界被遺忘了?. 5, 鋼之墳墓 / 細音啓作 ;
Runoka 譯 . -- 初版 . -- 臺北市 : 臺灣角川股份有限
公司 , 2021.09
面 ; 公分 . -- (Kadokawa fantastic novels)
譯自 : なぜ僕の世界を誰も覚えていないのか? .
5, 鋼の墓所
ISBN 978-986-524-772-0(平裝)

861.57 110011736

Kadokawa
Fantastic
Novels

為何我的世界被遺忘了？ 5
鋼之墳墓

（原著名：なぜ僕の世界を誰も覚えていないのか？ 5 鋼の墓所）

2021年9月16日 初版第1刷發行
2024年7月3日 初版第2刷發行

作　者：細音 啓
插　畫：neco
譯　者：Runoka

發行人：台灣角川股份有限公司
總　監：呂慧君
總編輯：蔡佩芬、朱哲成
主　編：林秀儒
設計指導：陳晞叡
美術設計：李思穎
印　務：李明修（主任）、張加恩（主任）、張凱棋、潘尚琪

發行所：台灣角川股份有限公司
地　址：104台北市中山區松江路223號3樓
電　話：（02）2515-3000
傳　真：（02）2515-0033
網　址：www.kadokawa.com.tw
劃撥帳戶：台灣角川股份有限公司
劃撥帳號：19487412
法律顧問：有澤法律事務所
製　版：尚騰印刷事業有限公司
ISBN：978-986-524-772-0